EIL
RS

Item klas iar

Heinricus Dieterich Weukma...

... non licet

LE
RECVEIL

DE PLVSIEVRS
CHANSONS
nouuelles,

AVEC

Plusieurs autres Chansons de guerres, &
d'amours, plaisantes & recreatiues,
qui n'ont iamais esté imprimees
iusques à present : nouuelle-
ment composees par
diuers Au-
theurs.

A LYON,

1571

CHANSON NOVVEL-
le à la louange du Roy nostre
Sire, Sur L'as que dit
on en France.

Euple viuant sous grace
De Iesus tout puissant
Priôs pour le Roy Charles,
Qui vient en florissant:
Du glaiue de iustice
Il punira les vices
De tous ces malheureux,
Qui portent le heaume
Dans son propre Royaume
Comme vrays seducteurs.

Henry le noble pere,
De Charles de Vallois;
Bouta hors de misere
Tout son peuple Gaulois,
Mais Dieu par sa puissance,
L'a voulu sans doutance
En Paradis monter,
En tirant de la Lance
La mort par grand greuance
L'est veu empoigner.

A 2

Chanfons

O Dieu quel grand dommage
De Henry de Vallois,
C'eftoit vn perfonnage
Pour deffendre la Loy
De Dieu & faincte Eglife,
Encontre l'entreprinfe
De tous ces obftinez
S'il euft vefcu efpace
Il euft finy la race
Des Huguenots damnez.
  Mais fon fils le Roy Charles,
Eftably du haut lieu
Eft commis en fa place
Par le vouloir de Dieu,
Pour prendre en main les armes
Contre ces fauffes hargnes
Ennemys de la foy,
Qui font mortelle guerre
A l'Eglife Sainct Pierre
De Iefus le grand Roy.
  Iefus par fa memoire
Aura pitié de nous,
Car c'eft le Dieu de gloire
Qui eft par deffus tous,
Il donra la puiffance
Au noble Roy de France
Qui vient en floriffant,
Ceux qui font fur fa terre
Pour luy faire la guerré

Les

Les ira puniſſant.
　Ces meſchans heretiques
N'auroyent autre deſir,
Que lon les laiſſaſt viure
Du tout à leur plaiſir:
Mais ſeroit il poſſible
Que du peché terrible
Dieu leur donne pardon
De prendre vne lecture
Sur la ſaincte eſcriture
Sans cauſe & ſans raiſon.
　Car les armes ils ont prinſe
Et ſi ont combatu
Contre leur Roy & Prince
Dont Dieu l'a deffendu
O diuine clemence
Donnez au Roy de France
En le gardant de maux
La force & la puiſſance
De ietter hors de France
Ces meſchans huguenots.
　Peuple ie vous en prie
Prier tous Ieſus Chriſt
Car c'eſt le fruict de vie
Conceu du ſainct Eſprit,
Qui nous vueille permettre
Que nous puiſſions tous eſtre
A la fin de noz iours
Auec les benoiſts Anges

Chanfons

Pour luy rendre louange,
Au celefte feiour.

Autre chanfon nouuelle du nedz
d'argent, Sur le chant de
La fille portant
panier.

Voulez vous ouyr chânfon
La plus belle de France
C'eft de ce nedz d'argent
Qui eft mort fans doutance.
A la voyrie fut fon corps eftandu,
Ou eft le nedz d'argent pendu.
    On a veu le nedz d'argent
Auec fes complices,
Eftans dedans Paris
Souftenant l'Euangile,
Des huguenots qui l'ont mal entendu
Or eft le nedz d'argent pendu.
    Aux fauxbourgs fainct Marceau
En vne belle Eglife
Qu'on nomme fainct Medard,
Il monftra fa folie
Car toutes les images a rompu
Or eft le nedz d'argent pendu.
    Tous les beaux ornements
Qui eftoyent en l'Eglife,
Ce mefchant nedz d'argen:

En

Et en a faict à sa guise,
Mieux eut valu pour luy qu'il l'eust rēdu
Car il en a esté pendu.

    Sa fille a marié
En huguenoterie,
Mais les gens vont disant
C'est du bien de l'Eglise,
Mieux eut valu pour luy qu'il l'eust rēdu
Car il en a esté pendu.

    Aux Halles de Paris
On en fit la iustice,
Puis les petits enfans
En feirent le seruice,
Bien tost en bas l'ont descendu
Apres qu'il eust esté pendu.

    Quant ils l'eurent ietté
Du haut de la potence,
Tous ces petis enfans
Se sont remis ensemble,
A la voyrie l'ont trainé
L'auoit il pas bien merité.

    Il ont prins leur chemin
Par la feronniere   Lié & garroté
Menant ioyeuse vie
Criant chantant ioyeusement
Voicy venir le nedz d'argent.

    Quant ils l'eurent trainé
Dedans son Cymetiere,
Par dedans le ruisseau

Qui lui feruoit de biere.
Toutes fes tripailles ont tiré
Tour dedans vn feu les bouter.
    Quant ils l'eurent trainé
Ou eftoit fon fepulchre,
Bien toft luy ont ofté
Les tripes & la freffure,
Puis de fon cœur vn chien la auallé
Voila allé, voila allé.
    Puis de fon compagnon
N'en voulons nous rien dire,
Il a toufiours efté
Huguenot pour la vie,
Qu'en fuft il faict il a efté bruflé
Comme il auoit bien merité.
    L'endemain au matin
Qui eftoit le dimenche
Quatre petis garçons
Se font remis enfemble,
Qui la moytié de fon corps ont trainé
A la voyrie auec le nedz.
    Qui fift cefte chanfon
Voulez que ie le die
C'eft vn ieune garçon
Enfant de cefte ville,
Qui veit le nedz d'argent trainé
Par la rue fainct Honoré.

Chan

Chanson nouuelle de la iustice exe-
cutée dedans Paris en la personne de
celuy qui tua monsieur de Guise, Sur
le chant de l'enfant prodigue.

MAudit soit le faux miserable
Qui a tué vilainement
Ce bon Prince tant amiable
Qui nous gardoit soigneusement.　bis.
　La iustice en a esté faicte
Dedans la ville de Paris,
Tres equitablement parfaicte
En despit de tous ces amys.　bis.
　Car quant il fut à la iustice
Deuant messieurs de Parlement,
Fut ordonné que pour son vice
Deuoit mourir cruellement.　bis.
　Quant la sentence fust donnée
L'executeur on faict venir,
Pour iustement ceste iournée
Le mener vistement mourir.　bis.
　Comme il passoit parmy la ville
Chacun crioit de tout son cœur,
Dessus dessus ce meschant traitre
Qui a tué ce bon Seigneur.　bis.
　Deuant la maison de la ville
Fust le lieu d'execution,
Pour de ce meschant inutille

Faire bonne punition.   bis.
  En quatre partie de ses membres
Fust tenaillé de fers chauds,
En iugement sans long attendre
Bien lié dessus l'eschaffaux.   bis.
  Il ne luy falloit point de phifre,
Pareillement de tabourin
Pour faire bien dancer ce traistre,
Meschant & malheureux villain.   bis.
  Puis fut guindé sans le descendre,
Tout estendu sur l'eschaffaux,
Aux quatre parties de ses membres
Pour tirer à quatre cheuaux.   bis.
  Viença dit vn bon capitaine,
N'as tu point grand mal en ton cœur
T'estre mis en deuoir & peine
Pour tuer ce noble Seigneur.   bis.
  Nenny dit ce faux miserable,
S'il n'estoit fait ie le ferois:
N'estoit il pas conduit du diable,
D'ainsi parler à ceste fois.   bis
  Quand respondit en ceste sorte,
Soudainement fut depesché,
Ses quatre quartiers hors les portes,
Sa teste en vn posteau fiché.   bis.
  Ieunes enfans prenez exemple,
Et mettez en Dieu vostre appuy,
Et que chacun de vous contemple,
De ne faire pas comme luy.   bis.

CAN

CANTIQVE IOYEVX,

de la prinſe qu'ont faict les Catholiques à Lyon, à l'encontre des Huguenots : Tant au Lyonnois, Dauphiné,
Maſconnois, Viennois qu'autres lieux
circonuoiſins, en l'an 1567. Sur le
chant d'vne chanſon qui ſe dict : Paſſant melancolie, &c.

Vand Lyon ouyt dire
La prinſe de Maſcon,
Chaſcun droit ſe retire
Armer en ſa maiſon
Et puis ſe mit en place
De Mars monſtrant la face
Contre les Huguenots,
En leur faiſſant carriere
Tant deuant que derriere
Sans mener grand propos.
  Seigneur de Maugeron
Sommes à vous tenus:
Qu'eſtes venu à Lyon
Dire par mots menus,
Le deſſein miſerable
Que la race du diable
Auoit deliberé,
Mais Dieu qu'eſt pitoyable

N'a

N'a permis l'execreable
Meurtre à nous confpiré.
    Lyon donc aduerti
S'eft mis en tout deuoir
De prendre le parti
Catholique en pouuoir,
Et de prendre fans craindre
Les Places fans fe faindre
Pour vaincre l'ennemy,
Qu'auoit fait entreprinfe
De Lyon faire prinfe
L'eftimant endormy.

    Ils virent tout à l'heure
S'il eftoit endormy,
Car fans faire demeure
Vaincu fut l'ennemy
Qu'auoit ia fait fon compte
De Lyon mettre en honte
Et le mettre en torment,
Mais le bon Dieu par grace
A deftruict la fallace
De leur commencement.

    Vous euffiez veu la crainte
Des Huguenots fortir,
Comme vne couleur faincte
Qu'eft fuiette à mourir,
Et s'enfermer en caue
Plus pales qu'vne Raue
Qui n'a point de couleur,

                      Faifant

Faisant cris lamentables
Se disant miserables
Et remplis de malheur.
　　Vous euffiez veu en armes
Artisans aux escarts,
Faisans cris & alarmes
Ie di de toutes parts,
Encontre ces rebelles
Qui font pis qu'infideles
Cruels fans charité,
Vous euffiez veu fans ceffe
Faire la garde expreffe
De Lyon à feurté.
　　Le Seigneur de Birague
Gouuerneur de Lyon,
Y employa fa garde
Comme lieutenant bon,
Four le Roy en fa terre
De Lyon faifant guerre
A ces feditieux,
Le Roy le luy commande,
Et à nous, & fa bande
Qu'en foyons foucieux.
　　Le Roy a entendu
Le cœur des Lyonnois,
Qu'ont l'ennemy rendu
Vaincu à cefte fois,
Et le triomphe des armes
Qu'ont fait les hommes d'armes
　　　　　　　　　　Contre

Chanfons

Contre tous leurs efforts,
Dont en fera memoire
Auec honneur & gloire
Demeurans les plus forts.
   L'autre fois par furprife
Lyon fûft tormenté,
Ores reuanche prife
L'a mis en liberté,
Qui luy rend la louange
En toute terre eftrange
Recouurant fon renom,
Sus Lyonnois courage
Nous auons l'auantage
Aniourd'huy dans Lyon.
   Dans Vienne la ville
Ils s'eftoyent amaffez,
Mais l'adreffe gentille
Les en a dechaffez
Du Prince tant notable
De Neuers tant louable
Et du Sieur Maugeron,
Qui ont monftré leur force
En deftruifant la force
D'iceux à l'enuiron.
   Puis fuirent à Valence
Abandonnans le lieu
Craignans ia de l'offenfe
Qu'ils auoyent fait à Dieu,
Mais en brief on efpere

                              Qu'ils

Qu'ils cognoiſtront leur Pere
Bon gré, maugré leurs dents.
Et feront s'ils ſont ſages
A leur Roy droiçt hommages.
De bon cœur euidents.

Noz gens lors chemin prindrent,
Pour aller à Maſcon
Et de faiçt entreprindrent
Recouurer ſon renom,
Et chaſſer la vermine
D'huguenots & leur mine
Enragés, hors de ſens
Pour le rendre en la forme
Catholicque conforme
Des anciens floriſſant.

Pendant ce beau voyage
Ce vaillant chef d'Achon
Plein de noble courage
Mit Poncenat à fond,
Et toute ſa canaille
Tant d'eſtoc que de taille
Les a tous decoupés,
En vn ſi treſgrand honte
Qu'il n'en eſt plus de compte
Car ils ſont attrapés.

En la gendarmerie,
Le Sieur de Chambery
Chef de l'artillerie
S'y monſtra fort hardy,

Don

Donnant tremeur horrible
Aux Huguenots terrible
Qui ont eſté deffaicts,
Tous nobles Capitaines
Ont fait choſes hautaines,
Teſmoins en ſont leurs faicts.
    Si i'oſois quaſi dire
Que la terre trembloit,
Et que l'artillerie
Les Huguenots troubloit,
De ſorte qu'à mains ioinctes
Ils ont fait les complaintes
En demandant mercy,
Voyla donc leur deffaite
A bon droit qui eſt faite
N'en ayez plus ſoucy.
    Or noſtre bon Roy Charles
Aſſeurez vous de nous,
Nous auons des vrais zeles
Pour vous ſeruir treſtous,
Et de faire la guerre
Tant par mer que par terre
A tous voz ennemis,
Et monſtrer par proëſſe
Qu'à tout iamais ſans ceſſe
Sommes de voz commis.
    Donc Chreſtiens Catholiques
Recognoiſſez ce bien,
Et graces authentiques

De

De Dieu, & de combien
Nous le deuons cognoiſtre,
Comme grand Roy & maiſtre
Sur tout victorieux.
Par luy auons victoire,
Donnons luy toute gloire
Comme à Dieu glorieux.

Chanſon nouuelle, faicte ſur la mort
& treſpas de Monſieur de Guiſe, ſur
le chant de, Noel pour l'amour de
Marie.

O trahiſon remply d'enuie
Par ton faux cœur enuenimé
Tu nous as bien oſté la vie
De ce bon Prince tant aymé.

PLeurez Chreſtiens & iettez larmes
De cœur dolent iuſqu'à l'eſprit,
De celuy qui porta les armes
Pour la Loy du doux Ieſus Chriſt:
Las c'eſt ce bon Prince de Guiſe,
Que la mort a pris en ſes lacs,
Il deffendoit touſiours l'Egliſe
Nous deuons bien crier helas.
        O trahiſon remply, &c.
    C'eſtoit vn Prince redoutable
Qui defendoit la ſaincte Loy

B

Et qui estoit fort equitable
A son bon Prince & son bon Roy
Car il menoit tousiours la guerre
Aux ministres de l'Antecrist:
Et les ruoit trestous par terre
En combatant pour Iesus Christ.

      O trahison remply, &c.

    Il se monstra prompt & habille
Premierement dedans Vassy,
Et dans Rouen la bonne ville
Il n'en print pas vn à mercy,
Et puis dans Bourges la rebelle
Vaillamment il entra dedans
Et chassa hors les infidelles
En leur faisant grincer les dents.

      O trahison remply , &c.

    Depuis Paris ville plaisante
Iusques aupres la ville de Dreux
Il feit courir sans longue attente
Tout le camp de ces malheureux,
Et la il gaigna la bataille
Tout par le bon vouloir de Dieu
Et fit fuyr ceste canaille
Soudainement en autre lieu.

      O trahison remply , &c.

    En poursuyuant sa victoire
Iusqu'à la ville d'Orleans,
Il auoit tousiours en memoire
De les chasser hors de leans:

            Mais

Mais d'vn boullet de harquebuse
Lequel estoit empoisonné
Il fut nauré c'est chose seure
Par vn traystre desordonné.
        O trahison remply, &c.
    Celuy qui a faict cest outrage
N'estoit il pas bien malheureux.
D'aller frapper ce personnage
D'vn meschant coup si outrageux
Autour d'vn boullet d'arquebuse.
Il auoit confis la poison
Pour le frapper à l'auenture
N'estoit ce pas grand trahison.
        O trahison remply, &c.
    Quand le noble Prince de Guyse
Se vid nauré villainement,
En luy souuenant de l'Eglise
Il plora des yeux tendrement,
O bonté diuine puissance
Faut il que ie fine mes iours
Plus ne sçaurois au Roy de France
Aucunement donner secours.
        O trahison remply, &c.
    O benoiste saincte Marie
Priez vostre enfant Iesus Christ,
De prolonger vn peu ma vie
Par le vouloir du sainct Esprit,
Tant que i'aye chassé de France
Trestous ces meschans malheureux,

                    B   2

Chanſons

Et que noſtre bon Roy de France
Demeure paiſible & ioyeux.
      O trahiſon remply, &c.
    Nobles Soldatz ie vous aduiſe.
De bien ſeruir touſiours le Roy,
En defendant touſiours l'Egliſe
De Ieſus & ſa ſainɔte Loy:
Or ſus, or ſus, prenez courage
Montrez vous du Roy vrays amys,
Et Dieu vous donra l'auantage
Par deſſus tous voz ennemys.
      O trahiſon remply, &c.
    O Dieu puiſſant & amiable
Failloit il ainſi que la mort
D'vne rigeur incomparable
Vint de ſon dard fraper à tort
Deſſus ce bon prince de Guyſe
Qui vaillamment a combatu
Pour defendre ta ſainɔte Egliſe
Tant que la mort l'ait abbatu.
      O trahiſon remply, &c.
    Mais la mort n'eſt point aſſez forte
D'auoir donné ce coup mortel,
Faire mourir tout d'vne ſorte
Son renom qui eſt immortel:
Car à iamais ſera memoire
De ce bon Prince vertueux
Tant que nous ſoyons en ta gloire
Là ſus au Royaume des cieux.
           Chan

Chanſon nouuelle de Madame de
Guiſe, & de la remonſtrance que luy
feit monſieur ſon mary. Sur le chant
de Laiſſez la verde couleur.

OYez la triſte chanſon
D'vne Dame deſolée,
Par vn faux traiſtre garſon
Tout en tout deconſolée.   bis.
    Qui ploroit ſon cher eſpoux
Le regrer de ſa penſée
Ayant au cœur grand courroux
Se trouuoit fort offenſée.   bis.
    De le veoir dedans ſon lict
Sa vie fort abregée,
Par le malheureux delict
De la fortune enragée.   bis.
    Elle le prent par la main
Luy diſant toute eſplorée,
Mon amy doux & humain
Dites moy voſtre penſée.   bis.
    Alors reſpond ſon eſpoux
Ma compagne bien aymée,
Ie vous prie de cœur doux
Honorez voſtre lignée.   bis.
    Ie vous laiſſe mes enfans
Las ſoyez leur bonne mere,
Ie croy qu'ils ſont bien dolens.

                    B   3

De perdre fi toft leur pere.   bis.
  Monftrez leur fongneufement
Par vne œuure trefexquife
Tout les faincts commandements
De Dieu & de fon Eglife.   bis.
  Et mon fils icy prefent
Le plus auancé en aage
Soit au Roy obeiffant
Luy rendant foy & hommage.   bis.
  Or mon fils as tu ouy
Ce que i'ay dit à ta mere
Que Dieu te laiffe auiourdh'uy
Pour te regir comme pere.   bis.
  Il te la faut honorer
Et luy rendre obeiffance
Et fainctement reuerer,
Car c'eft de Dieu l'ordonnance.   bis.
  Aye mon fils mon amy
L'amour de Dieu & la crainte,
De ton peruers ennemy
La force fera eftainte.   bis.
  Pour la fin de mon propos
Mon cher fils ie te commande
De viure en paix & repos,
Car c'eft ce que Dieu demande.   bis.
  O diuinite Trinité
De ton treshaut habitacle,
Conduis moy par ta bonté
Là fus en ton tabernacle.   bis.

              O mon

O mon Dieu ie voy des yeux
La grandeur de tes promesses,
Car mon esprit tout ioyeux
Deuers toy prend son adresse.   bis.

Helas mon Dieu ie n'ay plus
Nulle doubte de ta grace,
D'autant que ie voy sans plus
Deuant ta diuine face.   bis.

Ainsi se resiouissoit
Ce noble Prince de Guyse
Quand à la mort souspiroit
Pour prendre aux cieux franchise.   bis.

Autre Chanson nouuelle qui se chante
à plaisir. Sur le chant Te ro-
gamus audi nos.

VOulez ouyr chanson chanter   bis.
  De ces apostats reniez   bis.
Qui ont trestous gaigné le haut,
Vous serez pendus huguenots
Et huguenots retirez vous
Ou vous serez pendus trestous.

Caluin Chanoine renié   bis.
Du pont l'euesque estoit curé   bis.
Mais il desroba les ioyaux
Vous serez pendus huguenots.

Huguenots retirez vous
Ou vous serez pendus trestous.

B   4.

Chanfons

Perroceli fut cordelier   bis
Et alloit par les champs prefcher,   bis
Mais aux orties getta le froc,
Vous ferez penduz huguenots.
    Huguenots retirez vous
    Ou vous ferez penduz treftous.

De Befze ce noble Seigneur   bis
De Longumeau eftoit Prieur,   bis
A Genefue s'en va le trot
Vous ferez penduz huguenots.
    Huguenots retirez vous
    Ou vous ferez penduz treftous.

Dans Paris la noble cité   bis
De prefcher s'eft voulu mefler,   bis
Mais on l'a repuré pour fol,
Vous ferez pendu huguenot.
    Huguenots retirez vous
    Ou vous ferez penduz treftous.

Mais il n'a fcen fi bien prefcher   bis
Que la verolle n'aye gagné   bis
Il l'a fué fans dire mot
Vous ferez pendu huguenot.
    Huguenots retirez vous
    Ou vous ferez penduz treftous.

Et puis Malo l'eſſorillé   bis
Qui s'eft bien toft allé cacher   bis
Parce qu'il fentoit fón fagot,
Vous ferez pendu huguenot.
    Huguenots retirez vous

                    Ou

Ou vous serez penduz trestous.
La Riuiere le va chercher   bis
Il n'a garde de le trouuer   bis
Car à Genesue va lé trot,
Vous serez pendu huguenot.
    Huguenots retirez vous
    Ou vous serez penduz trestous.
Nous prions le doux Iesus Christ   bis
Et la Vierge Marie aussi   bis
Et tous les saincts qui sont là haut
Vous serez pendu huguenot.
    Huguenots retirez vous
    Ou vous serez penduz trestous.
Celuy qui fit ceste chanson,   bis
C'a esté vn ieune garçon   bis
Qui en fera bien d'autres encor
Vous serez penduz huguenot.
    Huguenots retirez vous
    Ou vous serez penduz trestous.

Autre chanson nouuelle, des Cal-
uinistes & Huguenots. Sur
le chant de Robin.

LE noble Roy de France
Mandera sa puissance
Tant par monts que par vaux
Contre les huguenots.
    N'est il pas en son regne

Nommé Roy trefchreftien,
Comme fes deuantiaux,
Maugré les huguenots.

Ils n'iront plus prefcher
Es Carrieres ou foffez,
Ny parmy les bordeaux,
Ces maudits huguenots.

Carefmes & quatre temps
Vendredis & en tout temps,
Mangent comme corbeaux,
Ces maudits huguenots.

Le iour de penitence
Font leur Dieu de leur pance
Mangent perdrix, leuraux,
Ces maudits huguenots.

Le Roy veut fermement
Que le fainct facrement
Ne foit mis en deffaut,
Maugré les huguenots.

C'eft le vouloir de Dieu,
Saincte Eglife aura lieu,
Par les ftatuts Royaux
Maugré les huguenaux.

Theodore a la verolle
La Riuiere le frotte,
Mallo faict les vnguents,
Voila les predicans.

Qui a faict cefte chanfon
C'eft vn pauure garçon,

Ne sentant les fagots
Comme les huguenots.
   Prions Dieu & la vierge
Les saincts & sainctes vierges,
 Qu'ilz prient pour nous la haut
Maugré les huguenots.

Autre chanson nouuelle, Sur vn
chant nouueau.

O Nostre Dieu & Seigneur amiable,
  Noz predicás s'en sont allez au ha-
Ont emporté la bourse & les escuz   [ble
Les huguenots en sont tous esperduz.
   Môsieur mallo & môsieur de la Plâche
Môsieur Tignô qui menoit la grâd dáce
Ilz sont couruz à course de cheuaux,
Pour recouurir la bourse aux huguenots.
   Perroceli & aussi ce grand maistre,
Cest affronteur Theodore de Baise.
Ils ont esté trestous tant abusez,
Qu'vn iour viédra qu'ils serôt tous brus-
 Las ou ira Mallo ce bon apostre   [lez
A mon faucon dire ses patinostres,
Auec vn tas d'essorillez bannis
Point n'y faudra dire de profundis.
   Helas Mallo n'as tu point repentance,
De voir Pincourt en feu , aussi en cendre
               Hierusa

Hierusalem, les Patriarche aussi,
Dont ont esté par tes abus destruictz.

Perroceli & aussi ce grand maistre
La Riuiere, Theodore de Beze,
Deuez auoir au cueur tous vn grand mal
D'auoir souffert piller sainct Medard.

Helas Caluin te disois grand fidelle,
Tu n'as sorty de ta fausse couuette,
Ou est ta science & tes liures couuerts
Faut maintenant les mettre à l'enuers.

Par ta follie as enuoyé tes bestes,
Loups rauissans volleurs & adulteres
Pour deceuoir les gens d'esprit sachant,
Donc tu as mis le peuple entre gens.

Le téps est venu, n'ayes plus de doutáce
Que tous vos corps seront tous mis en
cendre,
De par le Roy qui nous est bien venu
Pour corriger des hugues les abus.

O nostre Dieu & Seigneur amiable,
Les hugues sont dánez à tous les diables
S'ils ne s'amendent feront tant esperduz
Qu'à montfaucon serót trestous pendus.

Chanson nouuelle à la loange du Roy
Treschrestien Charles ix. Sur
le chant de Pyenne.

OR puis que Dieu nous ordonne
Et nous donne

Par

Par sa grace vn tresbon Roy
Il nous le faut recognoistre
Pour bon maistre
Vray zelateur de la Foy.
Ce Prince par excellence
Roy de France
Trescrestien de Foy & nom
A pris son plis en sagesse
Des ieunesse
Pour accroistre son renom.
Et encore d'auantage
Son bel age
Chacun iour va florisant,
Dont le peuple Catholique
Non inique,
En va Iesus beuissant.
C'est le Roy qui par prudence
Et puissance
Mettra l'heresie à bas
A force de bonnes armes
Et d'alarmes
Et d'assauts & de combats.
Tous ceux la qui sur sa terre
Luy font guerre
Sont ennemis de la Foy,
Mais il leur fera cognoistre
Comme maistre
Qu'il est leur Prince & leur Roy.
Et fera par sa prouesse

Chansons

Qu'à la Messe
Iront tous les Huguenaux,
Ou ils iront voir grand erre
L'angleterre
Ou l'on reçoit tous maraux.
Le Roy à la foy promise
Que l'Eglise
Catholique il soustiendra
Tant que Dieu luy donra vie,
Et l'enuie
Des obstinés confondra.
Il redifiera son Temple
Sur l'exemple
Du Roy Salomon.
Et fera telle enteprise
Pour l'Eglise
Qu'à iamais aura renom.
Parquoy nous est necessaire
De bien faire
Et prier pour nostre Roy,
Que Dieu par bien longue espace
Luy doint grace
De tousiours tenir la Loy.

Chanson nouuelle de la defaicte &
mort du Prince de Condé.

Noble cheualier Losse,
Bon iour vous soit donné

Pour

Pourquoy venez en poste
Quelle nouuelle apportés,
Y ail eu bataille
Contre noz ennemis,
Ou si ceste canaille
A mort a esté mis.

    Duc d'Alançon merueilles,
Ie vous viens annoncer
De fort bonnes nouuelles,
Ie vous prie m'escouter:
Vostre frere est en guerre
En ioye & en santé,
Mais i'ay veu mort par terre
Le Prince de Condé.

    O Cheualier notable
Dittes vous verité,
Iesus Christ amiable
Viuant en Trinité:
Las, s'il estoit possible
Que ce Prince fut mort,
Nous serions tous paissibles
Il menoit guerre à tort.

    Noble duc sang de France,
Croyez bien qu'il est mort
Tenant au poing ma lance
I'ay faict tout mon effort
De marcher en bataille
Et sans point m'espargner,
Tant que i'ay veu par terre

Le Prince de Condé.

O franc cheualier Loffe
Vous vouloyent ils donner
Quelque efcarmouche faulfe
Penfant vous eftonner:
Ou fi monfieur mon frere
Bataille demanda,
Ou fi noftre aduerfaire
Aux fiens la commanda.

Non, monfieur d'amour franche
Ie vous dy verité
Fut ce dernier dimanche
Que le Prince irrité,
Ce Prince remply d'ire
A compagné des fiens
Vint tafcher à deftruire
Nos bons foldats Chreftiens.

Lors monfieur voftre frere
A faict dreffer fon camp,
Chacun bon Capitaine
Met fes foldats à rang,
De cœur & de courage
Ont fi vaillament faict
Qu'ils ont vaincu la rage
De l'ennemy deffaict,

Pour mieux auoir memoire
Cheualier mon amy,
Nous eufmes donc victoire
Contre noftre ennemy,

Mon

Monſieur ſoyez recors
Ie vous dis de rechef,
I'ay veu la pluſpart mors
Et le Prince leur chef.
Or donc Chreſtiens qu'on prie
Tous enſemble Ieſus,
Et la vierge Marie
Concierge de là ſus
En tous endroits & place
Puiſque noz ennemis
Par ſa benigne grace
A mort ſont eſté mis.

Cantique d'Oraiſon pour le peuple de Lyon.

O Dieu des fortes armées
Arrangées
Pour maintenir voſtre nom,
Ne mettez point en arriere
La priere
Que vous preſente Lyon.
Nous voyons las vn orage
Plein de rage,
Eſleué contre le Roy.
Par Satan & les complices
De tous vices,

6

Pour auoir changé de Loy.
 Dix ans a que cefte greffe
  Pefle mefle,
Va par la France bruyant,
Nous forçant mainte iournée
  Mal-heurée
Quitter la ville en fuyant.
 Lors voyant cefte tormente
  Violente
Ne punir que noz pechez
Feifmes tous vne promeffe
  Qui nous preffe
De n'en eftre plus tachez.
 Mais Seigneur, noftre malice
  Toufiours gliffe,
Vous mettant la verge en main,
Noftre bonté n'eft pas ferme,
  Tout fon terme
C'eft du iour au l'endemain.
 Mais voftre douceur fucrée
  Nous agrée,
D'autant plus que meritons
D'eftre tous reduits en poudre
  Par la foudre
Que contre nous excitons.
 Nous confeffons que l'vfure
  Toufiours dure,
Qu'orgueil & lubricité.

        Et

Et l'auarice domine
    Qui nous mine
Et vous rend trop irrité.
    Mais regardez l'innocence,
        Et constance
De Charles nostre grand Roy,
Promis auez à son sceptre
        De le mettre
Hors de mal-heur & d'esmoy.
    Et desia vostre main forte
        Fait escorce
Auec tant de grans guerriers,
Pour luy donner asseurance
        Que la France
Suit de pres ses deuanciers:
    Ne permettez qu'il accorde,
        S'il n'aborde
Vainqueur ce peuple mutin,
Vne paix dissimulée.
        Et fourrée
Luy seruiroit de butin,
    Et puis quant ceste follie.
        D'heresie
Noz pays aura vuidé,
Donnez nous vne iustice.
        Qui suppllice
Rende au vice outrecuidé.
    Et pouruoyez vostre Eglise
        G. 2.

Chanſons

Bien aſſiſe
De bons & graues paſteurs,
Faiſant qu'au lieu des miniſtres,
Fins beliſtres,
Nous ayons de vrais Docteurs.
Ainſi l'erreur & le vice
Par l'office
D'vn chacun loin s'en ira,
Et noſtre Roy plein de gloire
Et victoire,
En repos vous ſeruira.
Et nous, puis que noſtre ville,
Voſtre fille,
Eſt remiſe en liberté.
N'eſpargnerons biens ne vie,
Quoy qu'on die,
Pour nous tenir en ſeurté.

Deploration ſur la mort du Roy Henry.

PLourez France & Picardie
Vous deuez plourer & gemir,
D'auoir perdu ce noble Prince
C'eſtoit le Roy des fleurs de lis,
C'eſtoit Henry ſecond du nom,
Qui par tout auoit grand renom,

Prions

Prions Iesus trestous ensemble
Qu'à son ame face pardon.
   Voulez vous ouyr les regrets.
Qui sont à la Cour maintenant
De la noble Royne de France
Et du noble Roy son enfant,
Comment ils pleurent & gemissent
Et ont le cœur triste & dolent
D'auoir perdu ce noble prince
Ainsi si tost soudainement.
   Les regrets du Roy des Espaignes
Et de sa femme quant & quant,
Comment ils pleurent & gemissent
Et ont le cœur triste & dolent,
D'auoir perdu ce noble prince
Ainsi si tost soudainement,
Il auoit fait la paix en France
Pour viure ensemble longuement.
   Et puis madame Marguerite
Qui estoit seur du Roy Henry,
Qui venoit d'estre espousée
Quand son frere ses iours finy
Pensez qu'elle fut courroucée,
Et quel piteux departement
De perdre ainsi son noble frere
En faisant cest appointement.
   Helas nobles marchans de France.
N'auez vous pas vn grand regret
                        C   3

Qui nuict & iour vous ſouſtenoit:
Il vous auoit fair paix en France
Pour viure enſemble longuement,
Mais mort par ſa force & puiſſance
Le vint ſaiſir ſoudainement.

Voulez vous ouyr les regrets
Que fit le noble Roy Henry
Ie vous prie tous mes amis
Faites moy parler à mon fils,
Ie luy veux dire trois parolles
S'il luy plaiſoit de les ouyr,
Qu'il vienne donc ſoudainement
Helas la mort me vient ſaiſir.

A Dieu mon fils & mon amy
Maintenant nous faut departir,
Ie vous recommande trois choſes
S'il vous plaiſt de les maintenir,
L'honneur de Dieu ſur toutes choſes
Et de ſa ſaincte Egliſe auſſi,
Gardez doucement voſtre peuple,
Le Roy Philſppe voſtre amy.

Prions Ieſus treſtous enſemble
Pour noſtre defunct Roy Henry,
Auſſi pour Ia Royne ſa femme
Et pour le Roy François ſon fils,
Que Dieu luy donne par ſa grace
Garder ſon peuple doucement,
Et puis à la fin de ſa vie
Paradis eternellement.

Chan

Chanſons nouuelles des bons Roys
de France, qui ont regné par cy deuãt
ſouſtenant la querelle de Dieu, & de
noſtre mere ſainɛte Egliſe, ſur le chãt
Ie ſuis faché coutre mon Capitaine.

BOns Chreſtiens qui auez deuotion
A Ieſus Chriſt & à ſa paſſion,
Eſcoutez la chanſon
Des bons Roys Catholiques,
Qui en France ont regné
Puniſſant heretiques.
    Le treſchreſtien Roy Philippes
Auguſte c'eſt ſon nom,
Des Cothereaux iniques
En tua à foiſon,
Pres de Bourges en Berry
En fut tué ſept milles,
Qui pilloyent les maiſons
    bruſloyent les Egliſes.
    De Toulouze eſtoit Comte
Vn appelé Raimond
Plus dangereux qu'vn monſtre,
Cruel comme vn Lyon,
Qui par ſa meſpriſon

Chanfons

A deftruit les Eglifes,
Mais Dieu a fait raifon
De fa mefchante vie.
   La croifée fut prefchée
Contre les Albigeois,
Abfolution pleniere
Fut donnée aux François,
Qui de franc cœur courtois
Endureroyent martire
Contre ces Albigeois
Qui eftoyent heretiques.
   Les bons Princes de France
Se font treftous croifez,
Puis de volonté franche
Sont allez à Befierrs,
Ou il en fut tué
Plus de foixante mille
De ces chiens enragez
Qui eftoyent heretiques.
   La charge de l'armée
Ont baillé par accord
De toute la compagnie
A Simon de Monfort
Qui en fouffrit la mort,
Combatant heretiques
En donnant vn affaut
A Tholoze la ville.
   Du temps de fainct Loys

Prin

Prince doux & courtois,
Fut mené vne armée
Contre ces Albigeois
Qui les Chreftiens François
Auoyent mis à martyre,
Mais le grand Roy des Roys
En a fait la iuftice.

Venons au poinct
N'allons point fi auant,
Faifans la fin,
Parlons de noftre temps
Du bon Roy trefchreftien
Francois plein de vaillance,
Qui les Lutheriens
Feit mettre en feu & flambe.

Dedans Paris ville de grand renom
Le Roy François feit la proceffion
En grand deuotion, auec belle affiftance
De Ducs, Comtes & Barons, tenaut belle
ordonnance.

Le Roy Henry Prince victorieux
En feift autát pour ces chiés malheureux
Nous ferions bien heureux, s'il eftoit
plein de vie.

Car il les feroit bruler pour leur meschã
te vie

Prions Iefus qui eft le Roy des Roys
Qu'il doint victoire à noftre petit Roy,

C i

Et à ſon bon conſeil, Dieu leur doint
bonne vie,
Et aux Princes François qui ſouſtien-
nent l'Egliſe.
Aſſemblons nous entre nous bons
Chreſtiens
Et allons tous ſur ces Lutheriens,
Ne leur ſouuient il point de la rotiſſerie
Qui fut faite au marché de Meaux la
ioſie.

Autre chanſon nouuelle, Sur le chant
de La patience ie la près par amour.

C'eſt la Royne du ciel
Qu'on dit qu'elle eſt tant belle,
Ie vous iure ma foy
Qu'il n'en eſt poit de telle,
Elle eſt tant belle
Tant parfaite à mon gré:
Ie vous iure mon ame
Mon cœur luy ay donné.
En iour de mon viuant
D'autre n'aurey enuie,
Mais ſon loyal ſeruant
Seray toute ma vie,
Vierge Marie
Mere du doux Ieſus,
Soyez nous vraye amie
N'en faites refus.

Hug

Huguenots malheureux
Tant pleins d'outrecuidance
Ou auez vous les yeux
Ou est vostre esperance,
N'estes vous pas
Malheureux & maudits,
Pas n'auez esperance
D'aller en paradis.

Traistre de verité,
Rempli de vilenie,
En deusse tu creuer
Marie sera seruie
En saincte eglise
En toute Chrestienté
Mais toy par ta folie
Tu te feras brusler.

O maudits Huguenots
Regardez les liurées,
Voyez du doux Sauueur
La chair chair tant martyrée,
En patience
L'a enduré pour nous,
Or faites penitence
Il vous pardoune à tous.
Or maudite cité
De Geneue nommé
Le temps s'approche fort
Que seras ruinée

Et

Chanfons

Et abymée
Par tes pechez maudits,
Si ne fais penitence
Tes iours font accourcis.
    Entre vous bons Chreftiens
Qui feruez fainĉte Eglife
Ne vous fiez iamais
A ces faux heretiques,
Car par deuant
Vous monftrent beau femblant,
Quand ils font en derriere
De vous fe vont mocquant.
    Qui fit cefte chanfon
Voulez vous que ie diffe,
C'eft vn ieune garfon
Enfant de cefte ville,
Faux heretiques
Vous eftes abufez
Si ne croyez l'eglife
Vous ferez tous bruflez.

Autre chanfon nouuelle, Sur le chant
Faudra il pour vn amy que
i'enduré tant de peine.

Les huguenots auoyent dit
Par leur grand' outrecuidance
Que la ville de Paris

                             Met

Mettroyent à feu & à flambe.
   Faut il pour les huguenots
  Que nous ayons tant de peine,
  Faut il pour les huguenaux
  Que nous ayons tant de maux.
  Que la ville de Paris
Mettroyent à feu & à flambe,
Mais ils en auront menty
Ils n'ont pas eu la puissance.
    Faut il pour ces huguen.&c.
  Mais ils en auront menty
Ils n'ont pas eu la puissance,
Car le Roy de Paradis
S'est mis de nostre alliance.
    Faut il pour ces huguen.&c.
  Car le Roy de Paradis
S'est mis de nostre alliance,
Ils ont perdu leur credit
Et toute leur esperance.
    Faut il pour ces huguen.&c.
  Ils ont perdu leur credit
Et toute leur esperance,
Ils ressembleront ludas
Il faut qu'ils s'en voisent pendre.
    Faut il pour ces huguen.&c.
  Ils ressembleront ludas
Il faut qu'ils s'en voisent pendre,
Le Roy à fait vn Edict

               Qu'il

Chanson

Qu'il faut qu'ils vuident de France.
Fault il pour ces huguen.&c.
Le Roy a fait vn edict
Qu'il faut qu'ils vuident de France.
Ie voudrois qu'ils fuſſent tous
Brulez en feu & en flambe.

Faut il pour ces huguen.&c.
Ie voudrois qu'ils fuſſent tous
Brulez en feu & en flambe,
On leur fait trop grand honneur,
De les pendre à des potences.

Faut il pour ces huguen.&c.
On leur fait trop grand honneur.
De les pendre à des potences,
On les deuroit eſcorcher
Et deſchirer membre à membre.

Faut il pour ces huguen.&c.
On les deuroit eſcorcher
Et deſchirer membre à membre,
Car ils ſont cauſe des maux
Que nous endurons en France.

Faut il pour ces huguen.&c.
Car ils ſont cauſe des maux
Que nous endurons en France,
S'il plaiſt à Dieu & au Roy
Nous en aurons la vengeance.

Faut il pour ces huguen.&c.
S'il plaiſt à Dieu & au Roy

Nous

Nous en aurons la vengeance,
Car nous les verrons prefcher
Deux à deux à des potences.
    Faut il pour ces huguen.&c.
    Car nous les verrons prefcher
Deux à deux à des potences,
Puis au marché aux pourceaux.
On leur fera faire vn temple,
    Faut il pour ces huguen.&c.
    Puis au marché aux pourceaux
On leur fera faire vn temple,
Là ou ils feront bruflez
Pour monftrer aux autre exemple.
    Faut il pour ces huguen.&c.
    Là ou ils feront bruflez
Pour monftrer aux autre exemple
Les huguenots auoyent dit
Par leur folle outrecuidance.
    Faut il pour ces huguen.&c.

Chanfon à la louange de Monfieur de
Guyfe, & du difcours faict à Vaffy,
fur le chant. Nous auons vn
nouueau Roy tresbeau
par excellence.

HOnneur & falut à Dieu
Et au Roy noftre Sire,

                           Qui

Chanfons

Qui nous a en ce bas lieu
Si bien gardez de l'ire
Des Huguenaux
Rempli de maux
Qui nous vouloyent occire,
Vn iour viendra
Qu'on les fera
Treftous creuer de rire.

   Nous auons vn bon Seigneur
En ce pays de France,
Et prince de grand honneur
Vaillant par excellence,
Et treshumain
Doux & benin
C'eft le bon Duc de Guife:
Qui à Vaffy   Par fa mercy
A defendu l'Eglife.

   Le premier iour du moys de Mars
Qui eftoit le Dimanche
Les Huguenots de toutes pars
Se mirent en vne grange,
Pour y prefcher   De manger chair
Quatre temps & Karefme
Et du lard gras
Comme les rats
Quand ils fe treuuent à mefmes.
   Ainfi qu'à la Meffe eftoit
Le bon Prince de Guyfe.

                      Que

Que le prestre se vestoit
Pour chanter à l'eglise,
 Ces huguenaux   Infects crapaux
S'en vont sonner le presche,
 Qui en ce lieu   Seruice de Dieu
Et saincte Eglise empesche.
    Monsieur de Guise parla,
Et dit aux gentils hommes
Allez vous en iusques là,
Et leur dites en somme
Qu'ils ayent vn peu dedans ce lieu
Vn petit patience.
Pour rende à Dieu,
Gloire & honneur,
Et aussi reuerence.
    Mais ces huguenots maudits
Ont fait tout le contraire,
Ont respondu par leurs dits
Qu'ils n'en auoyent que faire,
 Ils ont frappé   Et molesté
Ces nobles personnages,
De leurs canons
Et leurs bastons
Ils leur ont fait outrage.
    Monsieur de Guise y alla
En grande diligence,
Qui de tous ces meschans là
A bien pris la vengeance,

D

Il a tuè   Et ſaccagé
La plus part de leur bande,
Et les Iaquets
Par leurs conquets,
Ont monſtré choſe grande.
   Prions à Dieu de Paradis
Qu'il nous donne la grace
Que nous ſoyons en luy vnis
En deſpit de leur race,
Qu'au ciel treshaut
Sans nul defaut
Soyons auec les Anges,
Que noſtre eſprit
A Ieſus Chriſt
Touſiours rende louange.

Chanſon nouuelle ſur le chant de la Petite Beſte.

ENtre vous pauures inſenſez
Helas qui allez aux preſches,
Helas comment croyez vous
A ceux la qui vous preſchent,
Ce ſont Apoſtats, moynes reniez
Qui ont la foy laiſſée,
Helas pauures gens
Ou eſt voſtre penſée.
   L'vn a vendu ſa Chapelle
Et l'ornement d'icelle

                               Et

Et l'autre getté son froc
Pour viure en Infidelle:
L'autre est vn larron
Vn meschant banny
Las qui n'a point d'oreilles,
Lelas pauures gens
N'esse pas grand merueilles.

   Ilz sont venuz comme Regnards
Pour seduire les peuples,
Et si font bien les caphars
Pour leur heresies peuplee.
Ce sont gens sans foy
De meschant alloy,
Qui ont la foy laissée,
Helas pauures gens
Où est vostre pensée.

   Helas que ne croyez vous
Les Docteurs de l'eglise,
Helas qui vous ont appris
Et la forme & la guise,
C'est de Dieu prier
Les sainctz honnorer
Et la vierge Marie,
Helas pauures gens
Pensez y ie vous prie.

   Si l'Ange du Ciel descendoit,
Qui vous dist autre chose
Que ce que saincte Eglise croit
         D a

Et qu'elle vous propoſe,
Ne le croyez pas,
Ne le faictes pas
Sainct Paul vous en aduiſe,
Helas pauures gens
Penſez y ie vous prie.

　　Nous prions noſtre Seigneur
Qu'il nous face la grace,
De ne tomber en erreur
De la maudite race,
Tant que nous viuons
Tant que nous ſoyons
Vrays enfans de l'Egliſe,
Et que nous tenons
Touſiours en ſa franchiſe,
Helas pauures gens
Penſez y ie vous prie.

Chanſon contre les Huguenots, ſur les articles de la foy Sur Robin.

LE fils de Dieu eternel
S'eſt faict homme mortel
Pour noz pechez & maux
Penſez y Huguenaux.
　　D'vne vierge honorable,
Naquiſt en vne eſtable
Où ne faiſoit pas chaut,

Penſez

Penfez y huguenaux.
   Auffi le iour des Rois
L'ont adoré trois Rois,
Venans par mons & vaux,
Penfez y huguenaux.
   Luy eftant fur la terre
A delaiffé fainct Pierre,
Son vicaire treshaut
Maugré les huguenaux.
   En luy donnant puiffance
Pardonner noz offenfes,
Tous noz pechez & maux
Maugré les huguenaux.
   Son corps nous a laiffé
Sous pain & vin caché,
Le myftere eft trop haut
Pour ces faux huguenaux.
   Lequel tous ils deprifent
Et auffi fon Eglife,
Tant par mons que par vaux
Les mefchans huguenaux.
   Puis apres fut pendu
Et tout nud eftendu
En vne croix bien haut,
Penfez y huguenaux.
   Il nous a racheté
Par fa grand charité
Des goufres infernaux,

Penſez y huguenaux.

Si le voulez cognoiſtre
Voſtre Dieu, voſtre maiſtre
Faut confeſſer voz maux,
Penſez y huguenaux.

Mais ils n'oſent nommer
Ce mot tant renommé
Ieſus qui eſt ſi haut
Les meſchans huguenaux.

Car las s'ils le nommoyent
Les diables s'enfuiroyent
Plus viſte que les faux
Les meſchans huguenaux.

De l'eau benite auſſi
N'en ont pas grand ſouci,
De cela ne leur chaut
Aux meſchans huguenaux.

Bien en voudroyent auoir
Mais qu'ils ſoyent en enfer,
Pour rafraichir leurs maux
Les meſchans huguenaux.

Ils nient purgatoire
Car ils n'y ont que faire,
Enfer leur eſt plus chaux
Pour ces faux huguenaux.

Le gigot de mouton
Cela ils trouuent bon
Le Vendredy auré

Cœ

Ces meschans huguenaux.
   Pour manger de la chair
Rien ne trouuent trop cher,
Qu'il couste ne leur chaut
Aux meschans huguenaux.
   De l'Aue Maria
La Vierge on salua
En secret & tout haut
Maugré les huguenaux.
   En l'Eglise de Dieu
Images auront lieu
Sur les autels bien hauts
Maugré les huguenaux.
   Et si par bonne guise
Nous aurons en l'Eglise
Ornemens riche & beaux
Maugré les huguenaux.
   La messe on chantera
Qui nous preseruera
Des gonffres infernaux
Maugré les huguenaux.
   Les pauures trespassez
En seront relaschez
De leur peine & trauaux
Maugré les huguenaux.
   Le noble sang de France
En a grand desplaisance
D'en ouyr tant de maux,

Chanfons

Des mefchans huguenaux.
A la meffe ils iront
Ou tous bruflez feront
Ainfi comme porceaux
Ces mefchans huguenaux.
On y mettra police
D'vne telle iuftice
Que pendus feront haut
Ces mefchans huguenaux.
Qui fit cefte chanfon
Ce fut vn bon compagnon
Ne fentant point les aux
Comme ees huguenaux.

Autre chanfon nouuelle, fur le chant,
Sa fa fa venez vous en,
venez vous en.

LEs huguenots s'en font allez,
Iamais ne puiffent retourner
A Paris la iolie,
Car ils nous ont long temps fafchez
En defpit de leur vie.
Sus fus fus allez vous en, allez vous en
Huguenots pleins d'enuie,
Sus fus fus allez vous en, allez vous en
Tout droit à la voyrie.
L'efpace de deux ans entiers
                                    Nous

Nous estions comme prisonniers
Que nous n'osions mot dire,
Maintenant auons liberté
En despit de leur vie.

    Sus sus sus allez vous en,&c.

Ils sont maintenant bien faschez,
Qu'il faut qu'ils s'en voisent cacher
Pour leur meschante vie,
Car les enfans les vont chasser
Puis apres eux ils crient.

    Sus sus sus allez,&c.

Le Roy & tout son bon conseil
En ont tresbien fait leur deuoir,
Puis messieurs de la ville
Ont fait son edict publier.
Parmy toute la ville.

    Sus sus sus allez,&c.

Leurs predicans sont bien faschez,
Qui les ont si long temps preschez
Au vent & la pluye,
Car le Seigneur les a laissez
Pour leur meschante vie.

    Sus sus sus allez,&c.

De Beze & Perroceli
Seruiront à faire bouillir
En enfer la marmite,
Et puis la Riuiere viendra
Qui les fera bien rire.

     D 5

Chanſons

Sus ſus ſus allez, &c.

Satan ſera le cuiſinier
Auec Mallo l'eſſoreillé,
Et puis Iean de l'eſpine,
Auec Salinac bouteillier
Seruiront en cuiſine.

Sus ſus ſus allez, &c.

Qui ſera maiſtre d'hoſtel
Sera Caluin le gros aſnier
Auec ſa charbonniere,
La Planche ſera eſcuyer
Qui eſt demeuré derriere.

Sus ſus ſus allez, &c.

Mais que fera le neds d'argent
Qui a eſté par le peudant
Faut qu'il ait quelque office,
Il ramaſſera le charbon
Par deſſoubs la marmitte.

Sus ſus ſus allez, &c.

Celuy qui a faict la chanſon
C'a eſté vn ieune garçon
Enfant de ceſte ville,
En deſpit des huguenaux
Qui le veulent occire.

Sus ſus ſus allez vous en, allez vous en
Tout droit à la voyrie.

Autre

Autre chanſon, ſur le chant L'au-
tre iour ie cheminoy mon che-
min à Nanterre.

L'Autre iour ie cheminoys
Mon chemin à Falaiſe
En mon chemin trouuay
Theodore de Baiſe.
   Vous irez à la meſſe.
   Vous irez à la meſſe fribourg
   Vous irez à la meſſe
En mon chemin trouuay
Theodore de Baiſe,
Qui a vendu ſon prioré
Pour aller à Geneue.
     Vous irez à la meſſe, &c.
   Qui a vendu ſon prioré
Pour aller à Geneue,
Auec la femme d'vn couſturier
Pour mieux viure à ſon aiſe.
    Vous irez à la meſſe, &c.
   Auec la femme d'vn couſturier
Pour mieux viure à ſon aiſe,
Quand ſon argent fut deſpendu
Il s'eſt remis en queſte.
    Vous irez à la meſſe, &c.
   Quand ſon argent fut deſpendu
Il s'eſt remis en queſte,

Chanfons

Il s'en eſt venu à Paris
Pour mieux faire ſa preſche.
      Vous irez à la Meſſe,&c.
Il s'en eſt venu à Paris
Pour mieux faire ſa preſche,
A tant preſché & babillé
Ces Dames & Damoyſelles.
      Vous irez à la Meſſe,&c.
A tant preſché & babillé
Ces dames & damoyſelles,
Qui le ſuyuent de tous couſtez
Pour ouyr ſa loy nouuelle.
      Vous irez à la Meſſe,&c.
Qui le ſuyuent de tous coſtez
Pour ouyr ſa loy nouuelle.
Mais il euſt mieux vallu pour luy
Eſtre encor à Geneue.
      Vous irez à la Meſſe, &c.
Mais il euſt mieux vallu pour luy
Eſtre encor à Geneue,
Car la verolle il a gaigné
A iuſner le kareſme.
      Vous irez à la Meſſe, &c.
Car la verolle il a gaigné
A iuſner le kareſme.
Et puis Mallo l'eſſoreillé
Qui eſt marqué de meſme.
      Vous irez à la Meſſe,&c.

                         Et

Et puis Mallo l'eſſoreillé
Qui eſt marqué de meſme,
Car il a perdu vne aureille
A iouer des ſonnettes.

     Vous irez à la meſſe,&c.

    Car il a perdu vne oreille
A iouer des ſonnettes,
Il perdra l'autre ſi Dieu plaiſt
Au ieu des allumettes.

     Vous irez à la meſſe,&c.

    Il perdra l'autre ſi Dieu plaiſt
Au ieu des allumettes,
Prions Dieu de Paradis
Que iuſtice en ſoit faiĉte.

     Vous irez à la meſſe,&c.

Chanſon ſpirituelle faiĉte & compoſee
à la louange de Ieſus Chriſt: &
ſe chante ſur le chant,
la plaiſante.

PRions treſtous, prions treſtous
  Ieſus Chriſt de bonne heure,
Qui a voulu, qui a voulu
En la croix ſi piteuſe
Pour le monde a voulu ſouffrir
C'eſtoit pour ouurir Paradis,
Pour nous mettre tous auec luy.

              Quand

Chanfons

Quand il a veu, quand il a veu,
Son peuple en grand mifere,
Bien toft il s'eft, bien toft il s'eft
Defcendu bas en terre
Voyant noftre grand firmité
Que i'eftions tous treftous en peché,
Mais le fils Dieu nous a racheté.

Par le peché, par le peché,
D'Adam noftre premier pere,
Nous allions tous, nous allions tous
En vne grand' mifere
Par vn morceau qu'Eue donnit
A Adam qui eftoit fon mary
Nous allions tous en peril.

Quand le fils Dieu, quãd le fils Dieu,
Eft defcendu en terre
Bien toft il a, bien toft il a
Sceu qu'il auoit affaire,
Par vne grand calamité
Que nature humaine a porté
Mais de fon fang nous a racheté

Qui eft celuy, qui eft celuy,
Qui eft deffus la terre
Qui voudroit bien, qui voudroit bien,
Souffrir telle mifere
Qu'à faict, le bon Iefus Chrift,
Pour fauuer treftous fes amys
A la croix a voulu fouffrir.

Prions

Prions treſtous, prions treſtous
Le bon Dieu noſtre pere
Qui nous donne, qui nous donne
Noſtre pain ordinaite:
Car c'eſt le Sauueur Ieſus Chriſt
Qui a voulu pour nous ſouffrir,
Pour nous mettre tous auec luy.

Chanſon ſpirituelle faicte à l'honneur
de noſtre ſauueur Ieſus Chriſt.

SEiché de douleur,
 Tout cuit de chaleur,
Seigneur tu me vois,
Si te veux ie encore
O Dieu que i'adore,
Louer vne fois.
 Ce corps foible & lent:
A la mort ſe rend:
Mais en ceſt eſmoy
L'eſprit plein de force
Tout ioyeux s'efforce
De voler à toy.
 Ie meurs dit le corps,
L'ame dit ie ſors
D'vn corps entaché
Fy de ceſte vie
Qui m'aaſſeruie,

Serue

Serue de peché.

Toute doute & peur
Fuyez de mon cœur,
Grands ſont mes forfaicts,
Mais la bonté ſeure,
De mon Dieu m'aſſeure
Qu'il a faict ma paix.

Adieu ces bas lieux
Ie veux eſtre mieux
Terre pren le corps
Iuſqu'à tant qu'il faille
Que ce qu'on te baille
Reſorte dehors.

A Dieu France à Dieu
Qui eſtes le lieu
Qui premierement,
Au monde me viſtes
Et premier ouyſtes
Mon gemiſſement.

A Dieu mes amys
Qui la eſtes mis,
Et qu'on peut nommer
Pierre precieuſe
Mis toute bourbeuſe
Au fond de la mer.

A Dieu region
Nouuelle Sion
Tres heureuſe helas

Pourueu

Pourueu que congneuſſe
Et mieux aperceuſſe
Les biens que tu as.
    A Dieu cœurs vnis
Des pauures bannis
Qui ſont en ce temps
Maugré toute enuie
Fy de ceſte vie
Heureux & contens.

Requeſte mandée au Roy, de la part du Prince de Condé, & ſes adherans.

ROy à qui ſur la France
    Dieu a donné pouuoir
A noſtre doleance
Vueillez vous eſmouuoir,
Vuide de paſſion
Soit voſtre affection.
    Nous voulons vous cognoiſtre
Et ſeruir en tous lieux
Comme Roy Prince & maiſtre.
A nous donné des cienx,
Ceux ne nous ſont amis
Qui ſont voz ennemis.
    Ce n'eſt contre vous Sire,
Que tendent nos deſſeins,

E

Chanfons

Comme ont bien ofé dire
Plufieurs efprits mal fains,
Qui pourchaffent à tort
Noftre ruine & mort.

    Las, s'il vous plaifoit Sire,
Auoir compaffion
De nous fans nul occire
De noftre nation
Voftre camp combatant
Renforceroit d'autant.

    Car fi lon vous menace
D'vn voifin eftranger,
Dieu nous feroit la grace
De vous en reuanger,
Nous donnant feulement
Voftre confentement.

    Ce tiltre de rebelles
Sire nous foit ofté,
Car feruiteurs fidelles
De voftre Maiefté
Voulons eftre à iamais
Nous accordant la paix.

RESPONCE DV
Roy.

I'AY veu voftre requefte
En forme de chanfon,

Imper

Impertinemment faicte
Fauce en toute façon,
Pource à chacum couplet
Vous respondre il me plaist.

Vous dites que pour Roy
Me tenez & Seigneur
Que ce n'est contre moy
Que tend voftre fureur,
Pas croire ne le doit,
Celuy qui ne le voit.

Pourquoy donc fans licence
De voftre Roy humain
Venez en fa prefence
Les armes en la main,
Si ce n'est fans raifon
Pour quelque trahifon?

Qui vous feit entreprendre
Traiftres venir à Meaux
Pour me vouloir furprendre
Auec mille cheuaux
Sur moy & fur mes gens
Voz canons defchargeans?

Qui vous feit d'auantage
A Paris m'affieger
Me faifant plus d'outrage
Qu'oncques feit eftranger,
Et pour me diffamer
Me vouliez affamer?

E 2

Chanfons

Du fexiefme Septembre
Vous auiez vn edict,
Du fecond de nouembre
Vn autre, ou il eft dict
Que tous enfemblement
Viuroyent paifiblement.

Or combien que n'euffiez
Aucun edict, pourtant
Fault il qu'en demandiez
Vn en me combattant?
Vous demandez du pain
La piftolle en la main.

Quant ie perdray cent mille
De voftre nation,
N'vfans de l'Euangile
Que par corruption
Mon regne n'en fera
Moindre, mais florira.

Que fi l'on me menace
D'vn voifin eftranger
Dieu me fera la grace
De bien m'en reuanger,
Ie me tiens affez fort
Sans voftre aide & fupport.

Mainrs roys deffus leur terre
Permettent bien des Iuifs,
Qui ne leur font point guerre
Ainfi qu'en ce pays

Vous

Vous faites me cherchans.
A ma mort pourchaſſans.
　Vous efforçans de dire
Mal de mon bon Conſeil
Ou ny a que redire
Non plus qu'au clair Soleil
Vous ſeriez trop heureux
Si ne faiſiez pis qu'eux.
　Ce tiltre de rebelles
Ne vous doit eſtre oſté,
Car ſeruiteurs fidelles
N'auez iamais eſté,
Mais mes ſubiects Chreſtiens
Sont eſté touſiours miens.
　Vous deuez par requeſtes
Tous voz propos mander,
Et non pas comme beſtes
Contre moy vous bander
Car ie ſuis voſtre Roy
Qui vous doit donner Loy.
　Conclusion ſoit faicte,
Ie n'accorderay pas
Voſtre ſotte requeſte,
Et voz traiſtres combats
Ne m'empeſcheront point
De vous renger à poinct.

E 3

Autre chanfon nouuelle fur le chant,
Las tous les iours fans fins ie
my lamente.

ROy trefchreftien
Trefnoble Roy de France
En ta ieuneffe
Tu as eu grand fouffrance
Mais ta coronne
Emportera le pris
Et auras victoire
Contre tes ennemis.
    Les ennemis
  De fainct Michel la fefte
Inrerent Dieu
De leurs poyfons infecte
Par leur entreprife
Vouloyent prendre le Roy
Paris & Lyon,
Et changer noftre Loy.
    La faincte Loy
  De longuement plantée
Demeurera
Mais non pas l'inuentée
Le fainct efprit
En eft le gonuerneur,
Et la faincte eglife
Aura touiours vigueur.

        Vigueur

Vigueut auront
Tout soldat & gendarmes
Et tous nous fault
Mettre la main aux armes
Pour soustenir
La catholique Foy
Viure nous fault
Pour Dieu & pour le Roy.
    Le Roy monstre
   Par ces dernieres forces
Iour Sainct Martin
Mirent le feu aux forges
A la bataille
Aupres de sainct Denis
Ou il demeura
Beaucoup des ennemis.
    Le iour de sainct Michel
   L'entreprise fut faicte
De trahir le Roy
Et toute sa retraicte
Lors Ponsenat
On le tient pour voleur
Or mal-heureux
Ou est donc ton honneur.
    Et Ponsenat
Auec toute sa troupe
A chaupolain
Furent tous mis en routte

Mais Motaret
Luy fit quitter le lieu,
Qu'il n'oblia
Que de luy dire, à Dieu.
  Tu as faict mourir
 Auſſi pluſieurs gendarmes
Tu as prins paquets
Du ʀoy & porté armes
Mais haute fueille
T'a payé tout contant
D'vn coup de piſtolle
Pres du boys de Rendant.
  Et Dandelot
 Auec l'enfanterie
Voulut aller
A Chartre la iolie
Mais ceux de Chartre
L'ont tresbien repouſſé
Si n'euſt eſté
Mauuans qui eſt allé.
  Cité de Paris
Tu es de grand defence
Tu as bien gardé
Le noble Roy de France
Contre la force
Du Prince de Condé
Qui à la fin
Il y euſt demeuré

       Lyon

Lyon Lyon,
Tu es cruelle beste
Pource que tu es
Aussi de grand retraite
Donne toy garde
De ces freres mineurs
De ceux de Geneue
Qui sont ces faux *Docteurs.*
Ville du Puis
De bonne renommée
Long temps il y a
Que tu es bien gardée
Contre ces faux
Calomniers meschans,
Viue le Puis
Et ceux qui sont dedans.
Monsieur du Puys
A belle compagnie
De gens de pied
Belle cheualerie
Des capitaines
Vaillans comme Cesar
Qui ont faict la guerre
Tant à pied qu'à cheual.
Toy Pollinard
Chasteau de forteresse
Garde le Puys
Que l'ennemy nous presse

Chanfons

Car en toy gift
L'honneur & la vertu
De ton cofté
Point ne fera vainqueur.
   Au Romain fiege
  Vers *Dieu* impetrer grace
Que de nos maux
A tous pardons nous face
Et que vueilles
Augmenter noftre Loy
Que puiffions dire
En Paix viue le Roy.

Chanfon nouuelle

LE corporeau du Royaume eftoit
Fils d'vn bourgeois fa mere eftoit
Sa feur eftoit petite buãdiere, (tripiere,
Et fon mary vn petit bouteillon
Voila bon vignette fus vignon.

Le corporeau à la guerre s'en va,
Fit teftament cõm'vn Chreftiẽ doit faire
Recommanda fa femme au vicaire,
Et aux clergeons la clef de fa maifon
Voila bon vignette fus vignon.

Le corporeau chez fon hofte s'en va,
Cherguoy, morguoy vêtrebieu ie te tue,
Tout beau mõfieur la perdry eft efmeue
Et l'appaifa d'vne foupe d'oignon
      Voila

Voila bon vignette sus vignon.

Le corporeau vne harquebouze auoit,
Laquelle estoit de cendre bien chargée,
A son costé vn foreau sans espée,
Et le Rouet d'vne rouelle d'oignon
Voila bon vignette sus vignon.

Le corporeau vne lance auoit
Et au milieu vne poule lardée,
A sa ceinture vne toute plumée,
Le fer estoit d'vn argot de chapon
Voila bon vignette sus vignon.

Le corporeau tout contrefaict estoit
Tortu bossu, pour mieux prendre visée,
Aussi auoit la main toute courbée
D'vn pot cassé faisoit son morrillon.
Voilla bon vignette sus vignon.

Le corporeau vn arc de chesne auoit
Tout vermolu sa corde renouuée
Ses flesches estoyent de papier empanée
Bruslées au bout par faute de raillon.
Voila bon vignette sus vignon.

Le corporeau vne iument auoit
Par dessoubs luy vn sac tout plein de paille
Et les estriefs estoyét faicts de cordaille
Et la iument auoit vn poulichon
Voila bon vignette sus vignon.

Quand ie le vis ainsi de blanc armé
Luy demanday s'il alloit à l'armée,
Ouy

Chanfons

Ouy dit il pour gaigner la iournée
Et la iournée du Duc des bons pions
Voila bon, vignette fus vignon.

Autre chanſon nouuelle, Sur le chant
de la, la, quand il viendra qu'on
luy face bonne chere.

Ils n'iront plus au Palays
Car ils ont perdu leur cauſe.
Ils n'iront plus au palays
Ils ont perdu leur proces,
    Dieu & la vierge marie
N'ont ils pas aidé au droit
De ces matins heretiques
Qui ſont allés au palays.
    Ils n'iront plus au Palays, &c.
    De ces maſtins heretiques
Qui ſont allés au palais
Ils ont demandé vn temple
Ou Sathan les preſcheroit.
    Ils n'iront plus, &c.
    Ils ont demandé vn temple
Ou Sathan les preſcheroit.
Mais le treſchreſtien Roy Charles
Leur en fera faire ſept.
    Ils n'iront plus, &c.

                          Mais

Mais le treſchreſtien Roy Charles
Leur en fera faire ſept,
Vn au marché aux pourceaux
L'autre à la croix du tirouet.
    Ils n'iront plus, &c.
Vn au marché aux pourceaux
L'autre à la croix du tirouet,
Vn à la place de greue
L'autre à la place maubert.
    Ils n'iront plus, &c.
Vn à la place de greue
L'autre à la place maubert,.
Et vn au milieu des Hales
Si nieu ſauue noſtre Roy.
    Ils n'iront plus, &c.
Et vn au milieu des Hales
Si nieu ſauue noſtre Roy,
Et leur dernier cymetiere
A montfaucon le gibet.
    Ils n'iront plus, &c.
Et leur dernier cymetiere
A montfaucon le gibet,
Si Dieu ne pardonne aux ames
En enfer ils iront tout droit.
    Ils n'iront plus, &c.
Si Dieu ne pardonne aux ames
En enfer ils iront tout droit,
Il fault croire en ſaincte Egliſe

                                    Ou

Chanfons

Ou noftre Dieu mentiroit.
 Il n'iront plus, &c.
 Il faut croire en fainéte Eglife
Ou noftre Dieu mentiroit,
Car il l'a fi bien fondée
Qu'elle ne peut iamais choir.
 Ils n'iront plus, &c.
Car il l'a fi bien fondée
Qu'elle ne peut iamais choir,
Car il a diét à fainét Pierre
Que iamais ne periroit.
 Ils n'iront plus, &c.
 Car il a diét à fainét Pierre.
Que iamais ne periroit,
Ils ont beau faire & beau dire,
Iamais ils n'auront le droiét.
 Ils n'iront plus, &c.
 Ils ont beau faire & beau dire,
Iamais ils n'auront le droit
On les fera creuer de rire,
S'il plaift à Dieu & au Roy.
 Ils n'iront plus au Palays
 Car ils ont perdu leur caufe,
 Ils n'iront plus au Palays
 Ils ont perdu leur procès.

 F I N.

CHANSON NOVVEL-
LE D'AMOVR.

ODieu d'amour qui iour & nuict me
point,
Et qui rauit ma franche liberté:
Dois ie tousiours obeyr en ce point,
Sans esperer que toute cruauté?
Fidelement   bis.
Aimant,   Mes sens
Ie sens   Troubler,
Et mon mal redoubler.
   C'est or frizé, ou le lys de son teint,
Sous vn sourcil doublement escourci,
Qui tellement tous mes esprits atteint,
Que ie me sens presque du tout transi:
Son œil ardant,   bis.
Dardant   L'esmoy
Sur moy   D'vn feu,
Me brusle peu à peu.
Ie cognois bié, mais helas c'est trop tard,
Que ce martyr de ma libre raison
S'est accompli par l'œil de son regard
Pour me liurer en amere prison:
Ie n'ay qu'ennuis.   bis.
                        Depuis

Chanfons

Depuis	Qu'amour
Le iour	Au cœur

Me tient tant de rigueur.

Mille foufpirs hôteufement diftraits,
Mille trauaux que i'ay pour t'adorer,
Larmes & pleurs & tous autres regrets,
Ne me pourront de beaucoup empirer,
Si quelque fois   bis

Tu vois	Le dueil
A l'œil	Que i'ay

Pour l'amoureux effay.

Mais toutesfois tu vois bié q̃ ie meurs,
En obferuant vne fainſte amitié:
Il ne te chaut de mes larmes & pleurs,
Qui te deuroyent inciter à pitié.
Vien donc Archer   bis

Trancher	Volant
Coulant	Le pas

De ma guide au trefpas.

Las ie vois bié qu'il me côuiết mourir
Sans efperer aucun allegement:
Puis qu'à ma mort tu prés fi grãd plaifir,
Ce m'eſt grand heur & grãd foulagemết,
Helas comment?   bis

Pourtant	La mort
Qu'à tort	L'efprit

Me rauit par defpit.

Vu gros lourdaut, ou quelq̃ gros valet,
                                         Seul

Seul à l'escart de mon bien iouyssant,
Tasteroît bien ton ventre grasselet,
Et de tes flancs le pourpre rougissant.
C'est trop seruy,   bis.
Rauy   Fatal,
Du mal   Ie veux
Conceuoir autres vœux.

PVisque le ciel m'a côblé de mal-heurs:
Auquel aspect à ma natiuité
A faict plouuoir vne mer de douleurs,
Pour me noyer dans son flot irrité:
Astre impetueux,   bis.
Tu veux   Fatal
Mon mal   Finir,
Et me faire languir.
    S'il est ainsi ô Dieux oyez ma voix,
S'il est ainsi, ô Dieux oyez mon pleur,
Voyez mon cœur elancé aux abbois,
Comme le cerf chassé par le veneur.
A mon dessein   bis.
La fin   Tournez
Donnez   Voz yeux
A mon sort mal heureux.
    I'auois espoir iouyr de l'amitié
Iointe au lien du mariage esgal:
Ie m'asseurois d'vne esgale amitié,
Et d'estre heureuse au flâbeau nuptial:
    Mais ie voy bien   bis

F.

Que rien   Et l'heur
N'eſt ſeur   N'auient
Comme le vouloir vient.

A quoy me ſert vne vaine beauté,
Et mes cheueux côme ſ'or blondoyans,
A quoy me ſert l'excellente clarté,
Et le ſoleil de mes yeux flamboyans?
Mon teint vermeil   bis.
Pareil   Cuellis
Aux lys   De frais
Et mes amoureux traits.

Mal-heur à toy, iour, pmeſſe, & aneau,
Qui m'as bridé en ſa rude priſon,
Mieux i'euſſe aymé la foſſe & le tôbeau
Que de me voir en ma verde ſaiſon
Hors d'vn eſpoir   bis.
De voir   Produit
Vn fruit   En moy
Pour fuyr mon eſmoy.

Làs ſi ie ſuis à la fleur de mes ans
A mon aduis ie ne fais qu'arriuer:
Helas, faut il aſſembler mon printemps
Auec le cours d'vn ennuyeux yuer?
I'ay vn eſpoux   bis.
Ialoux,   Chenu,
Recreu,   Faſcheux,
Laid & mal gracieux.

Mal-heur à toy ô auare deſir

Mal-

Mal-heur à toy ô auaritieux,
Qui n'as efgard à l'amoureux defir,
N'y à cela que la fille ayme mieux:
Car tout le bien   bis.
N'eft rien,   L'ardant
Ceffant   Amour
Qui me tient nuict & iour.

   Dieux immortels, q l'Amour cheriffez
Belle Venus,& toy Dieu Cyprien.
Dreffez vos yeux,helas vos yeux dreffez
Vers moy efclaue en fi facheux lien:
Sans vos faueurs   bis.
Ie meurs.   Adieu
Adieu,   Defirs,
Adieu tous mes plaifirs.

Chanfon nouuelle.

I'Ay aquis vne maiftreffe
Que ie veux feruir fans ceffe,
Mais fa beauté nompareille
Et fa fermeté
En l'efprit me renouuelle
Franche liberté.

   Liberté peux ie bien dire
Quand tous les biens ou i'afpire
Deuant mes yeux fe prefentent,
Et me faict fentir

F 2

Que ma trop honeſte attente
Ne me peut fuir.
    C'eſt choſe ayſé à entendre
Qu'on ne pert rien pour attendre
Vn bien qui ſe recompenſe
Tout en vn moment,
Car l'honneſte patience
Y ſert bien ſouuent.
    Quand ma maiſtreſſe i'aduiſe
Et ſa beauté tant exquiſe
Ie la vois toute celeſte
Dieu l'a faict ainſi
Sa façon & modeſtie
Le teſmoigne ainſi.
    Ses perfections ſi grandes
Sa vertu ſi me commande
Que ie la ſerue & honore
D'oreſnauant.
Comme celle que i'adore
Plus que vray aimant,
    Viue ceux qui ſe confient
En amours & qui s'y fient:
Car qui ayme d'amour fainte
N'ayme point d'honneur,
La foy n'eſt bonne ne ſaincte
D'vn tel ſeruiteur.
    Son abſence me tormente
Son amour fort me contente

Voyre

Voyre quand ie ne l'aduife
Tout aupres de moy
Pour nous oster de martyre
D'entre elle & moy.
 Si par grande patience
Et fuffifante conftance
I'ay enduré tel martyre
Il me fied fort bien
Quand ie ne l'ay voulu dire
A qui il appartient.

Reſponſe à la precedente.

OR ne dois ie eftre reprinfe
 D'auoir prins fans eftre prinfe
D'vn qui faict ma renommee
Claire comme iour
Eftant de luy bien aymee,
Or viue l'amour.
 Voyant fon amour fi grande
Le debuoir fi me commande
Qu'il fault que ie foye fienne
En defpit de moy
Voyant fon honnefte vie
Et fa ferme foy.
 Maintesfois i'ay mis en arriere
Sa requefte à fa priere
Mais fa grand patience

F i

A vaincu mon cœur
Donc par fon obeyffance
I'ay vn feruiteur.

Seruiteur peux ie bien dire
Qu'oncques n'a voulu eflire
Autre que moy pour maiftreffe
Ie l'ay bien congnu
Donc fera il fans ceffe
Le trefbien venu.

Mes yeux tant le fauorifent
Lors que fa beauté i'aduife
Qu'il me femble que celefte
Toufiours a eflé
Donc honefte me ditz eftre
De l'auoir hanté.

Son amour fort me contente
Son abfence me tourmente
Voyre quand ie ne l'auife
Tout aupres de moy
Donc ie fuis du tout efprife
En defpit de moy.

Or prend donc pour recompenfe
Mon cœur plein de patience
A fin que ton grand martire
Se change en douceur
Puis que m'as voulu eflire
Te liure mon cœur.

Qui à faict la chaufonnette

Vne

Vne dame tant honnefte
Mais fon nom ie n'ofe dire
Sachant fa douleur,
Elle fouffre grand martire
Pour fon feruiteur.

Chanfon nouuelle D'amour.

LAs tous les iours
San fin ie my lamente,
Sans receuoir
Plaifir qui me contente,
Et puis la nuict   bis.
Quand ie penfois dormir
A mon fomeil
A mour me faict mourir.
   Gaillarde & belle
Et de face excellente
A l'auifer
Semble la plus plaifante
Vient contre moy   bis.
Tenant fon dard en main
Comme guerriere
Et de cueur inhumain.
   Lors moy tremblant
M'enclinant deuant elle
Comme vaincu
De fa flefche mortelle

Les yeux baiſſez
Luy diſant doucement
Ma dame helas
Ne me tue en dormant.
   Mais donc alors
Rebelle & plus cruelle
Quelque amitié
Penſant receuoir d'elle
S'en vient me dire   bis
En s'eſcriant bien fort
Ou veille ou dors
Ie te donray la mort.
   Dame voyla
Toute la recompenſe
Que i'ay receu
Sans t'auoir fait offenſe
Viure le iour   bis
Sans nul contentement
Et puis la nuict
Ne ſonger qu'en torment.
   O Dieu de vous
Ne veux autre vengeance
Ne receuoir
De vous autre puiſſance
Sinon qu'vn iour   bis
Voſtre cueur ait pitié
Et paſſion
De ma ferme amitié.

                              Os

Ou si ainsi
Vous ne me voulez plaindre
Deuant le Dieu
Ie me viendray complaindre
Du mal qu'à tort   bis
Vous m'auez faict souffrir,
Au grand autel
Ie m'en iray offrir.
   Priant à Dieu
Qu'ainsi vous vueille attaindre,
Et qu'à la fin
Ne vous face pas moindre
Comme à moy
Et comme puissant Dieu
Change vostre estre
Et vous mette en mon lieu.

Chanson nouuelle de Magdelon, Sur vn chant nouueau.

IE suis si fort amoureux
Depuis trois mois,
Qui me rend plus soucieux
Que ne soulois:
C'est de m'amie ma compagne
Magdelon,
C'est ce mal qui m'accompagne
Ce dit on,

            F 5

Las Magdelon c'eft par toy
Que fuis ainfi
Accablé de trifte efmoy,
Et de foucy:
C'eft par toy qu'on me vient dire
Tous les iots,
Ce gallant qui tant fouspire,
Faict l'amour.

Le beau & braue bouquet
Que m'as donné,
Ie l'ay mis à mon bonnet
De brun tané:
Ie le garde pour les feftes
Tout expres,
Qu'au village on me regarde
De plus pres.

Magdelon ie t'ayme bien,
Et aymeray,
Sur le plus beau de mon bien
Ie te douëray:
Er encore d'auantage
T'aymerois,
Si de ton gentil corfage
Iouyffois.

Ie te donneray l'vn de fes iours
De beaux coufteaux,
Vn efpinglier de velours,
Et des anneaux,

Et

Et de belles collerettes
De fin lin,
Pour couurir Magdelonette,
Son blanc sain.
    Et puis t'ayant faict ce don
Tu t'en-yras
Seule souz le vert buisson.
Ou chanteras:
Là diras la peronnelle,
Derelos,
Ou ira trouuer la belle
Son Iannot.
    En te faisant ce present,
Te bayseray,
Et de toutes mes douleurs
T'appaiseray,
La douce amoureuse rage
Qui me suyt,
Cueillant de ton pucellage
L'heureux fruict.
    Ayant eu contentement
De noz desirs,
Et ayant eu le loysir
De noz plaisirs,
Maineront noz brebiettes
Tous les iours
Paistre aux champs ou furent faictes
Noz amours.

                              Ref

Chanfons

Reſponce de Magdelon, à ſon amy Iannot.

MOn Iannot mon tout bien,
Que i'ayme bien,
Si tu veux mettre hors d'eſmoy
Et toy & moy,
Et ſi tu ayme ma vie,
Mon mignon,
Ne chante plus, ie te prie,
Magdelon
    Car ſi toſt que ie t'entens
Parmy ſes champs
Iargonner ceſte chanſon
D'vn ſi doux ſon,
Ie paſſis à demy morte,
Et ne puis
Croire que pour moy tu porte
Tant d'ennuys.
    Pour moy tu es trop beau gars,
Tes doux regardz,
Ta perruque aux blonds cheueux
Et tes beaux yeux
Meritent bien vne fille
Plus que moy
Cointe, mignonne & iolye,
Comme toy.
    Comment Iannot voudrois tu

Estre vestu
D'vn si beau sayon de pers,
Aux boutons vers?
Le pourpoint, la gibessiere
De sammy
Te moustrer d'vne bergiere
Estre amy.

    Toutesfois, que si tu veux
Qu'entre nous deux,
Cest amour cy commencé
Soit auancé,
Metz desormais en arriere
Tes douleurs,
Receuant de la bergiere
Ses faueurs.

Pauane Espagnolle.

L'Amour auec l'honneur
   Combat dedans mon cueur,
Mon vouloir
Et mon deuoir
Se font la guerre eux deux,
Et chacun d'eux
Veut le dessus auoir.
    Voila comment ie suis
Chetiue que ne puis
L'vn quitter

Ou

Ou contenter
Les deux mettans d'accord,
C'eſt grand diſcord
Qui me faict lamenter.
   On me defend d'auoir
Pour aymer vn vouloir:
Mais pourquoy
Auec la Loy
Ne faict on donc changer,
Et corriger
Noſtre nature en ſoy?
   Pourquoy auroit eſté
Leſprit de volonté
Compoſé,
S'ont n'euſt oſé
Appeter ce qui plaiſt
Et ce qui eſt
A noz ſens propoſé?
   Amour eſt l'vn des dieux,
L'amour eſt don des cieux,
Il ne faut
Vn don ſi haut
Contemner pour vn bruict
Qu'vn peuple ſuyt
Qui le plus ſouuent faut.
   Contre moy eſt la loy,
La nature eſt pour moy,
Son effort

Eſt

Eſt bien plus fort,
Faillir on ne la voit,
Le peuple croit
Le plus ſouuent à tort
    L'amour qui eſt conioint
A la vertu, n'a point
Doute ou peur
Perdre l'honneur,
L'honneur ou eſt le fruiĉt
La vertu ſuir,
Surquoy eſt ſa grandeur.
    L'amour donc deſormais
Aнес l'honneur en paix
Ie tiendray
Et ne craindray
Perdre l'honneur, le don,
Et le guerdon
Que d'amour i'attendray.

Reſponſe à ladite Pauane, pnr Iacques Moyſſon.

LE deuoir & l'honneur
Doyuent gaigner ton cœur,
Lors vaincus
Et abbatus
L'amour & vouloir
Tu pourras voir
Et tous les deux deceus.

L'vn

L'vn contenter tu peux,
Ou quitter fi tu veux,
Lors amis
Seront vnis:
Heureufe tu feras
Quand tu riras
Au lieu que tu gemis.

    Qui croit fon vouloir faut,
Amour eft vn poinct haut,
On defend
Ce qui depend
Du naturel enclin,
A fon deftin,
Et que la loy reprend.

    Qu'eft ce que d'appeter
Ce qui peut delecter,
Si cela
Qui plait on n'a?
Quand la volonté prit
Place en l'efprit,
La raifon s'y mefla.
Le peuple vn bruit fuyuant
Erre le plus fouuent,
Tous ces dieux
Qu'on feint aux cieux
On eftime bien peu:
Mefmes ce Dieu
Le Dieu des amoureux.

                        La

Et en l'amour si fort requis,
C'est pitié
Qu'ores fiere Meduse,
Tu refuse
L'Androgyne amitié.
Veux tu point
A la mort me contraindre,
Ou estaindre
La chaleur qui me point
Me vois tu
Quelque autre courtiser
Sinon pour deuiser
De quelque repos de vertus:
Pour rigueur
Que ton fier œil me dresse
Ie me laisse
De t'auoir en mon cœur.
Veux tu point
A la mort me contraindre,
Ou estaindre
La chaleur qui me point.
Or voy ie bien
Approcher mon trepas,
Puis que tu ne veux pas
Fiere me soulager en rien.
Mais Si ie meurs
A Dieu ta renommée,
Car blasmée

G 3

Tu mourras de douleurs.
Veux tu point
A la mort me contraindre,
On efteindre
La chaleur qui me point.

Chanfon nouuelle.

Branle & Gaillarde.

Accordez moy de grace,
Mignonne vn doux baifer,
Sa, que ie vous embraffe,
Voudriez vous refufer
De m'ottroyer vn bien
Qui ne vous coufte rien?

Ie n'ay d'autre maiftreffe,
Ie n'aime autre que vous,
Autre ie ne careffe,
Autre n'a mon cœur doux
Que vous que le geinez
Depuis que le tenez.

Ie fuis feul qui vous aime,
Ie fuis feul qui vous veux
Plus de bien qu'à moy mefme,
Ie fuis feul qui vous peux
Garentir du trepas
Et vous ne m'aimez pas.

Vous eftes ma mignonne,

Vou s

Vous estes mon secours,
Vous m'estes toute bonne,
Vous estes mes amours,
Vous estes mon souci,
Et ie le veux ainsi.

Sus donc, que l'on me paye,
Nous perdons trop de temps,
Que iouyssance i'aye
De ce que ie pretens,
Il ne tient qu'à ce peu
Que ie ne sois repeu.

Ha, c'est donc à ceste heure
Que ie seray baisé,
Mignarde qu'on demeure:
Ha, ie suis appaisé,
Puis que sans contredit
l'ay gaigné ce credit.

Non plus, non plus guerriere,
Ie meurs, ie meurs, ie meurs,
Tire ta bouche arriere,
O Dieu que de douceurs:
Respirons vn petit
Iusqu'à l'autre appetit

Recommançons, de grace
Encore vn coup ce ieu,
Alarme ie trespasse,
Ie me sens tout en feu,
Nous auons fait les Dieux

G 4

De noftre aife enuieux.
　Voila qu'ils nous puniffent
Et fe vengent de nous,
Difans,ceux cy rauiffent,
Noftre Nectar tant doux.
Hé vray Dieu qu'eft ce ci?
Ie me fens tout tranfi.

　Ie tremble, ie friffonne,
Ie n'ay plus de chaleurs,
Ha,ie me meurs mignonne,
Mignonne,ie me meurs,
Mignonne à Dieu vous dis,
Ie vois en Paradis.

　Hà la,i'ay veu la Parque
Par ce baifer dernier,
I'ay veu i'ay veu la barque
Du vieillard Nautonnier,
Et croy que ie reuien
Du champ Elifien.

　O Dieu quelle efficace
Ont les baifers fuccrés,
Quant ils fuyuent la trace
De ceux qui font facrés,
Et defquels les hauts Dieux
Se recreent aux cieux.

Chant

Chant Eelegiaque de sa Dame, Dolente de son depart

O Que ie suis courroucée,
O que i'endure d'esmoy,
Mon ami m'a delaissee
Ne faisant conte de moy:
Malheureuse
L'amoureuse
Qui ce fie à ces garçons.
Qui allechent
Et ne cherchent
Qu'à nous payer de chansons:
Car ils sont tous deceuans
Leur amour ne poursuyuans.
Il s'escarte en Italie
Iamais ie ne le verray,
Iamais que melancolye
De son depart ie n'auray
Car la dame
Trop s'enflame.
A ceste premiere amour
Et la perte
Recouuerte
Ne peut onc estre du iour
Qu'elle pert son amoureux
Par va desdain rigoureux:

G 5

Mais il faut que ie confeſſe
Auoir failli grandement,
De luy vſer de rudeſſe
Sans prendre eſgard' au tourment
  Qui conſomme
  Le ieune homme
D'impatiènte amitié
  Sur cét eage
  Qu'il enrage
De ſe ioindre à ſa moitié,
Ne preuoyant que l'homme eſt
Trop prompt à ce qui luy plair.
Ne deuois ie pas cognoiſtre
A voir ſes yeux douloureux
Que ie luy deuoy permettre
Quelque plaiſir amoureux?
  Sans cruelle
  Et rebelle
Le traitter ſi rudement
  Quand Cyprine
  La doucine
L'encourageoit ardemment?
Si ie l'euſſe fait ainſi
Encor' ſeroit il icy:
Mon Dieu que i'eſtois heureuſe
Quant panchée ſur ſon ſein
Ie l'embraſſois, enuieuſe,
De baiſer ſa blanche main,

        Sa

Sa tetine
Argentine,
Son frizon d'or rouffelet,
Qui fe noue
Sur fa ioue
Toute de rofe & d'œillet,
Et quand ie baifois fes yeux
Si beaux & fi gratieux,
Mon Dieu que i'eftoy ioyeufe
Quand ie l'ouys deuifer
D'vne façon gracieufe
En me venant courtifer:
La harangue
De fa langue
Couloit plus douce que miel:
Ie m'affeure
Si Mercure
Fut pour lors venu du Ciel,
Qu'il n'euffe fceu parler mieux
Bien qu'il fut appris des Dieux.
Mon Dieu que i'eftois heureufe
Alors que parlementant
De chofe facetieufe
Nous nous allions efbatant
Sur la prée
Diaprée
De mille belles couleurs,
Quand de grace

Sur

Sur la place
Il cueilloit de toutes fleurs
Pour vn bouquet façonner
Et apres me le donner.
    Mon Dieu que i'eftois heureufe
Quand il me venoit faifir,
D'vne main deuotieufe
Et fur les autres choifir.
            En la fefte
            Tant honnefte
Pour exercer les amours
            Des pucelles
            Damoyfelles.
Me faifant faire deux tours,
D'vne gente grauité
Monftrant fa dexterité.
    Mais maintenant malheureufe
Ie ne vy qu'en deplaifir,
En me voyant douloureufe
Ayant perdu tout plaifir.
            Qui doit prendre,
            Et apprendre
Des amoureux courtifans
            La pucelle
            Ieune & belle
En la fleur de fes beaux ans,
Rendans fes efprits contens,
Car toute chofe a fon temps.

                        Appre

Apprenés donc pucelettes
En oyans mes tristes sons
A estre plus que vous n'estes
Amoureuses des garçons,
    Quand ieuneffe
    Les addreffe
Deuant vos attrayans yeux,
    Qu'vne honte
    Ne vous donte.
Vous refufez voftre mieux,
Car en fin pourriés fentir
Vn trop tardif repentir.

Gaillarde.

CE fut le iour ̃q le flābeau des Cieux
  Plus lōguemēt iaunit noftre orizon
Qu'efpris ie fuz de ceft œil gracieux
Qui couue en moy ma pl' chaude faifon
    Rendant mon cœur
    D'ardeur
    Si plein,
    Qu'en vain
    Helas!
    Ie demande foulas.
Car Amour veut ainfi me tourmenter
Pour le loyer de mes chaftes amours,
C'eft fon plaifir de me voir lamenter
Eu confommant la fleur de mes beaux
    C'eft tout fon ieu   (iours.

Au feu
De voir
Douloir
Nos cœurs
En extremes langueurs.
Et n'eut eſté qu'vne meſme chaleur
Tourmente auſſi la Dame que ie ſers,
Las, i'euſſe creu que ceſte aſpre douleur
Me preuenoit de ſes yeux tant diuers.
Mais ie congnoy
Et voy
L'effect
Que fait
L'Archer
Sur l'vne & l'autre chair.
Ne voulant point par la conionction
Enſemble voir l'vne & l'autre moitié
De nos deux corps, côme d'affection
Nos cœurs vais ſont par meſme amitié
Pourroit il bien
Ce bien
Tant cher
Cacher
Vn temps
Pour nous rendre contens?
S'il eſt ainſi encor ſuis ie en eſpoir
De paruenir à mon intention,
Et qu'à la fin ie pourray receuoir

De

A chacun elle aggrée
Soit qu'elle parle ou rit,
Sa parolle Succrée
Tout le monde rauit,
Son chant melodieux
S'accorde auec les cieux:
Et les tant doux accords
Que gaye elle mesure
Feroyent ie vous asseure
Reuiure tous les morts.
  Si ie puis retourner
  A chalon la iolye
  Ie veux auec m'amye
  Pour iamais seiourner.
Toute la Court celeste
A sa natiuité
Voulut à toute reste
Acheuer sa beauté:
Iuppin l'en amoura,
Phœbe son poil dora,
Pallas fit ses beaux yeux,
Venus sa belle bouche,
Qui peut quand ie la touche
Me faire egal aux Dieux.
  Si ie puis retourner
  A chalon la iolye
  Ie veux auec m'amye
  Pour iamais seiourner.

H

Chanfons

Heureux qui de la belle
Peut eftre feruiteur,
Qui iamais n'eft rebelle
Mais ayme de bon cœur:
Heureux qui la peut voir
Heureux qui peut auoir
Vn baifer fauory
Des couraux que i'adore
Et plus heureux encore
Qui fera fon mary.
  Si ie puis retorner
  A chalon la iolye
  Ie veux auec mamye
  Pour iamais feiourner.

Chanfon la volte.

GArdés bien,
  Petite mignonne,
Gardés bien
Le petit cueur mien.
  I'entens qu'ils foit du tout voftre,
Car ie ne vous l'ofteray,
Pour le liurer à vne autre
Qui ne le prendra de gré
Comme vous,
Qui m'eftes fi bonne,
Voftre œil doux
Le demonftre à tous.

Gar

Gardés bien
Petite mignonne,
Gardés bien
Le petit cueur mien.
Il est du tout amiable,
Il est du tout gracieux,
Il est du tout seruiable,
Il est du tout vertueux,
Vous verrés
Qu'à tout il s'adonne,
Et dirés
Que vous l'aimerés.
Gardés bien
Petite mignonne,
Gardés bien
Le petit cueur mien.
Si tost qu'il veit vostre face,
Aussi tost fut il rangé
Vers vous, qui de vostre grace
Ne l'aués point estrangé,
Comme a faict
Quelque Tisiphonne,
Mais son faict
A chacun deplait.
Gardés bien
Petite mignonne,
Gardés bien
Le petit cueur mien.

Chanfons

Vous connoiftrés à cefte heure
Quel plaifir il vous fera
Et d'vn poinct ie vous affeure
Qu'en tout vous fatisfera.
   Car il eft
   Sans qu'on l'eguillonne
   A tout preft,
   Et n'a point d'arreft.
   Gardés bien
   Petite mignonne,
   Gardés bien
   Le petit cœur mien,
Si tous les cœurs pleins d'audace
N'eftoyent non plus rigoureux
Que le mien, qui a pris place
Dedans le voftre amoureux
   O quel bien!
   O quelle lieffe,
   Les amants
   Viuroyent tous contens.
   Gardés bien
   Petite maiftreffe,
   Gardés bien
   Le petit cœur mien.
Vous ferés donc ie vous iure
La derniere qui l'aura,
Et ie ne feray pariure
Qu'à iamais vous demourra,

Car

Car ie ſcay
Que n'eſtes felonne.
Et de vray
I'en ay faict l'eſſay.
Gardés bien
Petite mignonne,
Gardés bien   Le petit cœur mien.

Chanſon ſur la complainte de ſain
cte Suſanne quand elle fut à mort con-
damnee, Sur laiſſez la verde couleur.

DAmes qui au plaiſant ſon
Prenez lieſſe aſſeurée,
Oyez la triſte chanſon
De ceſte dame eſplouréc.
    Et ſi ſincere amitié
Dans voz cœurs eſt engrauée,
Du dueil vous aurez pitié
Qui tant me tient aggrauée.
    O maintien trop gracieux
O beauté infortunée
Cauſe du pernicieux
Malheur de ma deſtinée.
    I'ay nourry l'autheur parfaict
De ma clere renommée,
Et cil qui ores me faict
Malheureuſe eſtre nommée.
    Ha beauté ſeul argument

H 3

De la triſteſſe amaſſée,
Pourquoy ſi deſloyaument
Fuſtes oncques pourchaſſée.   bis.
    O ſi tel euſt eſté l'heur
Qu'oncques n'en fuſſe douée
Pas ie n'aurois le mal'heur
De la beauté tant louée.
    Mais teſmoing m'eſt le haut Dieu
Celuy qui me l'a donnée,
Quel' ne fut onc en nul lieu
Qu'à vn ſeul abandonnée.
    O vergier delicieux,
En ta garde eſtois laiſſée
Lors que les malicieux
Du traict mortel m'ont bleſſée.
    Cauſe ſeule n'a eſté
Ma face bien colorée,
Mais pluſtoſt la chaſteté
Dont Dieu m'a tant decorée.   bis.
    Car à l'inſtant que ie fuz
De pecher ſolicitée,
Ils n'obtindrent que refus
De la beauté conuoitée.
    Et mieux aimay receuoir
Mort pour eſtre anichilée,
Qu'en tellé trahiſon veoir
Ma chaſteté maculée.
    Plurez doncques telle mort

D2

Damoiselles de Iudée,
Pleurez celle qui à tort
S'en va estre lapidée.   bis

   Or'a Dieu mon chier espoux
Le regret de ma pensée,
Helas ! pensez qu'enuers vous
Ma foy ie n'ay point faussée.

   Las mes enfans gracieux
Geniture bien formée,
Plus ne verrez de voz yeux
Vostre mere tant aimée.

   O mon Dieu qui vois le pleur,
Qui a ma face arrousée,
Tu sçais que de tel malheur,
Faussement suis accusée.   bis

   Leur tesmoignage, Seigneur,
N'est que chose controuuée,
Car en si grand deshonneur
Iamais ie ne fuz trouuée.

   Mais puis que ton vueil sacré
A telle chose ordonnée,
Ie prendray la mort en gré,
Qui me fust predestinée,

   Pardonne à mes ennemis,
Gens peruerse & insensée
Tout le mal qu'ils ont commis,
Tant de faict que de pensée.   bis.

   O Seigneur doux & humain,

            H 4

O ma lieſſe eſperee
Reçoy mon ame en ta main,
Quand ie ſeray expiree.   bis
    Ainſi plaignoit triſtement
Suſanne ia condamnee,
Lors qu'à ſon cruel torment
A tort elle eſtoit menee.
    Mais le haut Dieu immortel
Ayant ſa foy eſprouuee,
Y pourueut par moyen tel
Que ſa vie fut ſauuee.

Chanſon nouuelle, d'un Amoureux
qui fit ſon plaiſir d'vne Dame
de Marſeille.

DE iour & nuict
I'ay eu ennuy
Pour vous ma damoiſelle:
Mais i'ay eu contentement
De mon torment.
    I'ay tant foncé
Et desbourſé
Pour vous ma damoyſelle,
Tout ce que i'ay deſpendu
Le tien perdu.
    De voſtre veuë   Plus ie ne veux
De vous, ma damoyſelle,
                Trop

Trop me couste la moitié
Vostre amitié.
    Souuentesfois
Vers vous i'allois:
Mais mot, ma damoyselle:
Nous deux prenions nos esbats,
Mais i'en suis las.
    Lors vn trotant,
Vers vous, venant
Vous voir, ma damoyselle,
Lequel eut son lard frotté,
Et estrillé,
    Ainsi frotté,   Et estrillé,
Fuyoit, ma damoyselle,
Nous en rismes vn long temps
Du passetemps.
    Quand i'euz cogneu
Tous les abuz
De vous, ma damoyselle,
Qu'il n'y à que cruauté
Et faucceté,
    Ie fus trompé,
Et attrapé
De vous, madamoyselle,
Quand fus à donner argent
Trop diligent.
    L'amy de soy
Fait au besoin.

H 5

Plaifir, ma damoyfelle.
Ie deuois le ieu commencer,
Sans auancer.
  Celuy qui fit
Ce fut, ma damoyfelle,
Vn qui eut contentement
Pour fon argent.

Chanfon nouuelle d'vn Amant & d'vne Amie.

L'Amitié que ie te porte
Eft fi forte,
Qu'elle ne peut augmenter,
Tous mes efpritz ne demandent
Et ne tendent
Sinon à te contenter.
  Amy i'ay la cognoiffance
L'affeurance
De ta parfaicte amitié,
Et m'eftime bien heureufe,
Et ioyeufe
De t'auoir en amitié,
  La grand' beauté de ta face,
Qui efface
Celle d'Helene aux beaux yeux,
Faict defirer ta perfonne,
  Qui refonne

Par tes vertus en maints lieux.
   Si quelcun trop me desire,
Son martire
Guerir ne puis, & ne veux:
Pour toy seul est le remede,
Qui procede
De l'amitié de nous deux.
   Ayant ce bien ou i'aspire
Ie puis dire
Receuant telle faueur,
Que les dieux me fauorisent,
Et m'eslisent
Pour iouyr d'vn si grand heur.
   Mille ans a quand fusse née,
Destinée,
I'eusse esté pour estre à toy,
Nature m'a voulu faire
Pour te plaire,
Toy pour estre amy de moy.
   Nature qui t'a aimée,
T'a formée
Plaine de perfection,
Pour de tous estre adorée,
Honnorée,
Seule à moy d'affection.
   Toy seul as pouuoir de faire
Et parfaire
Par tes promesses & vœux,

                      Que

Que les chofes qui font miennes
Sont les tiennes
Iufqu'à l'vn de mes cheueux.
    Puis qu'ay de cefte excellence
Iouyffance
Par la faueur des hauts dieux,
De cefte heure me contente,
Et me vante,
Qu'impofsible eft d'auoir mieux.
    Si mieux i'auois ie te iure,
Et t'affeure,
Que tout ce mieux feroit tien:
Car tes vertus me conduifent,
Et m'induifent
A iamais te vouloir bien.
    Te rendant à moy captiue
Ton cueur priue
Tous mes fens & liberté,
Tu les rends ferfs & efclaues,
Et enclaues
Plus en toy ma volonté.
    Ie veux, entens, & propofe
Toute chofe
A la conferuation
De l'honneur tant eftimable,
Et louable,
C'eft ma vraye intention.
    Mon intention eft telle

Que

Que le zele
Duquel ie suis ton subiect
Ne tend qu'à faire apparoistre
Et cognoistre
Tes vertus en mon endroict.
    Puis qu'ainsi est mes pensees
Effacees
Iamais de toy ne seront,
Si les tiennes sont semblables
Immuables
Toutes noz viès dureront.

Chanson nouuelle par dialogue, d'vn amant, & de sa Dame.

L'homme.

NE vueillez ma dame
La peine ignorer,
Que ma viue flamme
Vous veut declarer.

La Dame.

Ie vous prie me taire
Vostre mal ou bien,
Ie n'en ay que faire,
I'ay assez du mien.

L'homme.

Toute femme honneste
Peut bien sans danger

Ouyr

Ouyr ma requeſte,
Et ne m'eſtranger.

La Dame.

Tout homme peut feindre
D'eſtre en penſement:
Mais qui ſe peut plaindre
N'a pas grand torment.

L'homme.

Mon triſte viſage
Paſle & empiré,
Porte teſmoignage
Du mal enduré.

La Dame.

Tel n'a point de honte
De peu demander,
Qui en fin de conte
Voudroit commander.

L'homme.

Vous vous faites forte
En voſtre beauté,
Et ie me conforte
En ma loyauté.

La Dame.

Telle que ie ſoye
Ie veux eſtre ainſi,
Et de rien que i'aye,
Ie n'en pren ſoucy.

L'hom

L'homme.
O femme excellente
A bien difputer,
Mais tardiue & lente
A executer.
        La Dame.
Femme fage & caute
Et qui fent fon cœur,
N'aura iamais faute
D'vn bon feruiteur.
        L'homme.
Si vous eftes belle,
Si vous y tenez:
Si vous n'eftes telle
Si vous pourmenez.
        La Dame.
Si ie dis bien d'elle
N'ay-ie pas raifon?
Car elle eft fi belle,
Et fans trahifon,

Chanfon nouuelle, faite & compofée
d'vn ieune hõme qui aperdu fa femme
tout du long d'vn an, fur le chãt, Ma
feme my hayt, La mort my fouhaitte.

CEft dedans Paris
Ou a vn ieune homme,

                              ll y

Il y a vn an
Qu'il perdit ſa femme,
Ses amis en ſont   bis
Faſchez contre luy,
D'auoit laiſſé perdre
Sa femme à credit.

   Quand l' an fut paſſé
Il l'a retrouuee
Chez vn ſien voiſin,
Qui l'auoit ſerree:
Il en auoit fait tout à ſon plaiſir,
Pour ſa recompenſe
Iean beut auec luy.

   Hé voiſin, voiſin,
Rendez moy ma femme,
Que nous n'ayons point
De procez enſemble,
Il y a vn an   bis
Que vous la gardez:
Rendez moy ma femme
Si faict en auez.

   Hé voiſin, voiſin,
Et repren ta femme:
Mais garde toy bien
De luy donner blaſme
On te feray payer   bis
Treſtous les deſpens,
Qu'elle a faict chez moy

                Tout

Tout depuis vn an.
   Hé voifin, voyfin,
Ie te dourois blafme,
Tu as trop long temps
Retenu ma femme,
S'elle t'a feruy
De iour & de nuict
Au moins ne peux-tu
Que de la nourrir.
   Ces deux hommes icy
Ont prins fafcherie,
Se font faict venir
 Deuant la iuftice:
Monfieur il me blafme,   bis
M'appellant mefchant,
D'auoir nourry fa femme
Tout depuis vn an.
   Monfieur efcoutez,
C'eft vn mauuais homme,
Il y a vn an
Qu'il fait ma befongne:
Ma femme l'a feruy   bis.
De iour & de nuict,
Au moins ne peut il
Que de la nourrir.
   Efcoutez monfieur,
Ie requiers fentence,
Voyez qu'il confeffe

I

En voftre prefence,
I'ay faict fa befongne
Tout depuis vn an,
La befongne eft faicte,
Ie veux de l'argent.

    bis.

  Si voulez ouyr
Donner la fentence:
Viença mon amy,
Va repren ta femme,
Si elle a pris peine
De le bien feruir,
L'homme a pris grand peine
De la bien nourrir.

    bis.

  Retournons nous en
Doucement ma femme,
Ne faifons nul bruit
C'eft honte & diffame,
Toutes voz offenfes
Vous font pardonnez
Iamais en ma vie
Ie n'en parleray,

    bis.

  Quant ils furent entrez
Tous deux en la chambre,
La femme empoigna
Vn baton de tremble,
Elle frappa tant
Deffus fon mari,
Qu'il luy dit ma femme

    Ie vous

Ie vous crie merci.
   Ie vous prie ayez
Pitié du poure homme,
Si i'ay fait offense
I'iray iufqu'à Rome,
Ne me frappez plus   bis
 Deffus les coftez,
Il fort à la rue
Et gaigna aux pieds,
   Deux bons compagnons
En beuuant choppine,
Ian vint droit à eux
Conter fa fortune:
Ma femme m'a mis   bis.
Hors de ma maifon,
Elle m'en a chafsé
A coup de baton.
   Au bout de deux iours
La chanfon fut faite,
Aupres d'vn bon feu,
Dans vne falette,
Priant pour les femmes   bis.
 Qui ont le renom
De chaffer leur mary
A coups de batons.

                I 2.

Chanſons

Chanſon nouuelle contre les chefs des
rebelles & ſeditieux, ſur le chant
Amour amour tant tu me
fais de mal.

O Admiral ô Admiral
 Gaspard de Colligui
Voy tu le mal, voy tu le mal
Qui te fera blanchir,
Ayant faulsé ta foy
Enuers ton prince & Roy
Luy braſſant trahiſon
Penſois tu à part toy   bis
Faiſant guerre à ton Roy
Accroiſtre ta maiſon?
   Le Roy Henry   bis
De petit te fiſt grand,
   Dont France vn cri   bis
En gette maintenant.
Tu n'eſtois qu'eſtrangier,
C'eſt bien loin de venger
Le tort de ces enfans
Tu pouuois bien ſonger   bis
Qu'il conuient retrancher
Le chemin aux errans.
   O Andelot ô Andelot
Ou dreſſe tu tes yeux
Choiſir ton lot, choiſir ton lot,

                                Auec

Auec ces enuieux.
Tu eftois colomnal
Et ton frere Admiral
Pour vous trop grand eftatz,　　　　bis.
Et l'autre Cardinal
Voyez tous trois le mal
Qu'ont fait voz apoftatz.　　　　bis.
　　Vous eftiez trois
Qui teniez voz deuis
Que les Valloys　　　　bis
Mettriez hors leurs pays,
Vous vous eftes trompez
Et auffi attrapez
Auec noz grands chenaux
Petits volleurs tremblez　　　　bis
Les grands font deffemblez
Vous voy la bien marraux.
　　Mongomery Mongomery,
De lance ne decu
Nul Roy Henry　　　　bis.
Ne fera de toy vaincu
Sathan t'a bien trompé
Car il t'a attrappé
T'apportant double mort,
Ton corps de vers mangé　　　　bis.
L'efprit fera vangé
De mort d'enfer & mort.
　　Rochefoucault, Rochefoucault

Fen de toy en raifon
Et bas & hault   bis.
Regarde ta maifon
Et dont tu es veau
Et qui t'a maintenu
En ton eftat fi grand,
Quand tu l'auras congneu
Verras par le menu
Qu'es vn ingrat errant.
    Helas, Coudé helas Condé
Prince du fang Royal
Qui t'a bandé qui t'a bandé
Luy eftre defloyal,
Penfois tu conquefter
France & tempefter
Ainfi à ton plaifir
On t'a fait arrefter
Ne pouuant refifter   bis.
Dont t'a fallu mourir.
    Dieu eternel Dieu eternel
Roy feul par deffus tous,
Cas fi cruel, cas fi cruel
N'a enduré fur nous,
Au contraire perir
Vous a fait & mourir
Soudain de malle mort,
Le Roy vous fait fentir   bis.
On le voit fans mentir,

                                Que

Que plus que vous est fort.
   Or vrais Chrestiens   bis.
Prions le Createur,
Ce sont moyens   bis.
D'appaiser sa fureur,
Gardons de l'offencer
Car il faut confesser,
Que peché mortel nuit:
Nous auons bon mestier   bis
De cœur pur & entier
Le prier iour & nuict.

Chanson de la vraye bataille de S.
Denys, contre celle que les Hugue-
nots firent imprimer, pleine de bla-
sphemes & mensonges.

Et se chante sur le chant Les Bourgui-
gnons ont mis le camp.

LA veille de la sainct Martin
  Les Parisiens à puissance
Desfirent le peuple mutin
Aupres de saint Denys en France,
Qui tachoit par outrecuidance
Prendre le Roy pour le frustrer
De sa couronne d'excellence
Pour au Prince la deliurer.
   Le Connestable tresuaillant

Sans crainte de perdre fa vie
Alla tout premier affaillant
Des Huguenots l'infanterie,
Frappant d'vne telle furie
Sur ces mutins & ennemis,
Tant qu'il leur feit perdre l'enuie
De retourner à fainct Denys.

Dieu fait fi tous les gris veftus
Qui fe trouuerent en bataille
Ne furent pas bien combatus
Autant d'eftoc comme de taille,
Par ce moyen telle canaille
Se doit meurtrir en defarroy,
Car il n'eft chofe qui pis vaille
Que defobeyr à fon Roy.

Du cofté de Hauberuillier
On ageança l'artillerie,
A fin d'en abbattre vn millier
En vomiffant fa grand' furie,
Les Huguenots de brauerie
Furent atterrez par chemin,
Et receurent fans moquerie
Mille coups fur leur parchemin.

Deuers fainct Oinct d'autre cofté
A ce val plus bas que Montmartre
Ceft Admiral fut bien frotté,
Cuidant les gens du Roy combattre,
Il caufe en France ce defaftre

Par

Par son malicieux esprit,
En s'efforçant du tout d'abbattre
La vraye Foy de Iesus Christ.

   Toutes les casaques de gris
Et les escharpes de liurée
Eurent des enfans de Paris
Vne malheureuse iournée,
Ils receurent telle bourrée
Et si fort dessus on frappa
En se ruant sus leur armée
Que pas vn content n'eschappa.

   Iamais on ne veit Huguenots
Mieux frotter que celle iournée,
Ne trouuans tels custodinos
Que presumoit leur destinée:
Car à belle bride aualée
Si rudement furent chargez
A grand coups de lance esbraulée,
Qu'il s'enfuyoyent comme enragez.

   Les capitaines morfondus
Malchauffez vilains de mainmorte
Fuyoyent comme gens esperdus,
En s'esgarant de leur cohorte,
On les chassoit de telle sorte
Qu'ils estoyent contraints de courir,
En craignaut du Roy la main forte,
Et de plus grand mal encourir.

   Qui eut veu comme ces mutins

I 5

Couroyent à bride auallée,
Æftans battus comme maftins
Au trauers de leur efchinée,
Il en eut fait telle rifée
Et en eut pris tel paffetemps,
Voyant que toute leur armée
N'eftoit que gueux & artifans.

Il eut veu comme Sire Abel,
Sire Abraham, & Sire Helie,
Sire Adam, Sire Samuel,
Difoyent qu'ils auoyent fait folie
De laiffer leurfemme iolie
Et leurs enfans chacun chez foy,
Pour venir à la boucherie
Sans craindre la force du Roy.

Il y en euft bien d'eftonnez
Quand on tira l'artillerie,
Car plufieurs y furent tuez
Mefme de leur infanterie,
Et les gens de cauallerie
Fuyoyent bien fort ne voulans point
Se mettre au fort de la furie
De peur d'auoir dans leur porpoint.

Alors le Prince de Condé
Ne fe mit à la boucherie,
Car il n'eftoit pas fecondé
De toute fa cauallerie,
Et toute fon infanterie
N'eftoit que de gros faucities,

Qui

Qui pour combatre de furie
N'entendoyent pas bien leurs meſtiers.

Si la nuict ne nous eut ſurpris,
Il n'eut plus de mutins en France,
Car tous les ſoldats de Paris
Couroyent deſſus à grande outrance,
On ne veit iamais tant de lances
Deſſus les Huguenots courir,
Monſtrans leur courage & vaillances
Pour la couronne ſecourir.

Dieu tout puiſſant par ſa vertu
Nous feit ce iour à tous cognoiſtre
Que luy meſmes a combattu
Ses ennemis par ſa main dextre,
Chacun d'eux vouloit eſtre traiſtre,
Mais au beſoing noſtre Seigneur
A faict noſtre bon Roy le maiſtre,
En combatant pour ſon honneur.

Roy treſchreſtien ton cœur vaillant
S'eſt bien monſtré ceſte iournée
Tu as la Sathanique gent
A force de coups eſtonnée,
Continue ta deſtinée
Par ta grand force tu pourras
De ceſte gent tant obſtinée
Eſtre obey quand tu voudras.

Voila pour la concluſion
Ce qui fut faict celle iournée
Par vne forte inuaſion

Contre

Chanfons

Contre cefte gent defuoyée,
Penfant faire par leur menée
Le Prince Roy des enragez,
Mais la chance fut bien tournée,
Les blancs veftus furent chargez,

   Iamais mutins n'ont entrepris
Contre leur Roy de faire armée,
Que malheur ne leur en foit pris,
Tefmoin Bourbon la malle année,
Que luy feruit cefte menée
De Pauie & de Rome, helas,
Pour faire fon ame damnée
Caufe de dix mille trefpas.

   Toutesfois noftre ieune Roy
Maugré Sathan & fa puiffance,
Fera de Iefus Chrift la Loy
Prefcher par fon regne de France
Et faut que tout le monde penfe
Que la fauffe religion
Eft caufe de noftre fouffrance
Et de noftre perdition.

   Prions tous à Dieu de bon cœur,
Que ceux qui au Roy font entendre
Que l'Admiral eft bon Seigneur,
Et ne tafche point le furprendre,
Que tout malheur leur puiffe prendre
S'ils veulent fon faict pallier,
Ne confeillant au Roy d'entendre
De plus en luy ne fe fier.

                Celuy

Celuy qui a fait la chanſon
Fut vn ſoldat d'infanterie,
Harquebouſier & bon garſon,
Ne craignant de perdre ſa vie:
Car il l'auoit toute aſſeruie
Pour le ſeruice de ſon Roy,
Ayant vne fidelle enuie
De ſouſtenir de Dieu la Loy.

Chanſon de Chartres aſſiegée par le Prince de Condé.

Sur vn chant noulveau.

O La foile entreprife
Du Prince de Condé,
A Chartres la iolie il a voulu entrer,
C'eſt à luy grand' folie
Il n'y entrera pas,
Les bons ſoldats de France
Ne le ſouffriront pas.

La ville fut ſommée
Vn ſamedy matin,
De par monſieur le Prince
Et l'Admiral mutin,
Ont enuoyé trompettes
Et auſſi le heraut,
Sur Chartres la iolie
Ont crié à l'aſſaut.

Dites nous capitaines

Si

Si vous y tiendrez bon,
Ou si monfieur le Prince
Enuoyera fon canon
Aux pieds de voz murailles
Pour les faire tomber,
Ou si vous voulez rendre
Au prince de Condé.

　Lors refpondit Liniere
Nous ne le craignons point,
A toute heure qu'il vienne
Auons les armes au poing
Pour luy liurer bataille
A luy & fes foldats,
S'il veut perdre la vie
Vienne liurer combats,

　Le heraut s'en retourne
Au Prince de Condé,
Or fus, or fus trompette
Quelle nouuelle apportez,
En verité mon Prince
Nous auons eu grand peur
De voir tant de foldats,
A l'enuiron du mur.

　Liniere fi vous mande
Qu'il a les armes au poinct
Luy & toute fa bande,
Et qu'il ne vous craint point:
Et brief il vous deffie
Vous & tous vos foldats,

Et

Et si voulez mourir,
Que vous l'alliez donc veoir,
　Or sus or sus gensd'armes
Il les faut aller veoir,
Fourbissés tous voz armes
Et aussi voz harnoys
Marchons tous en bataille
Monstrons nous gens de bien
Tout le pillage est vostre,
Ie n'y demande rien.
　　Au coing de sainct Maurice
Leur canon ont campé,
A coups d'artillerie
La ville ont salué
Tant qu'ils ont faict breche
De quinze à seize pas,
Pour cuider faire approche
Iusques sur les rempars.
　　Quand les soldats de Chartres
Veirent ainsi entamer
Leurs murailles & abatre,
Ils se sont presentez
Iusques dedans la breche
Crians tous d'vne voix
Si voulez faire approche
Venez à ceste fois.
　　Le Prince de Condé
Et aussi l'admiral
Le clocher sainct Maurice

Chanfons

La breche ont defcouuerte,
Lors à leurs foldats crient,
Ne vous auancez pas
La breche eft remparée
Nous n'y entrerons pas.

Et les dames de Chartres
Faifant leur plain debuoir
Voyant leurs gens combatre
Chacun de fon pouuoir
Portans des confitures
Iufques fus les rempars
Pour refiouyr le cœur
A tous leurs bons foldats.

Qui feit cefte chafon
Fut vn braue foldat
Eftant fur les murailles
Auffi fur les rempars,
Priant Dieu par fa grace
Qu'il leur vouluft aider,
Et conuaincre la force
Du Prince de Condé.

CHANSON NOVVEL-
LE DE LA DEFFAITE DE

*l'armée des Huguenaux, rebelles &
seditieux, Par Monseigneur le
Duc d'Aniou frere du Roy,
& les Princes Ca-
tholiques.*

Sur le chant, Quand Bourbon vit
Marseille il a dit à ses gens.

Vs soldats Catholiques
Menez ioye & soulas,
L'orgueil des heretiques
Est maintenant bien bas:
Car Monsieur & sa bande
En a fait la raison,
Chacun grace à *Dieu* rende
Et luy face oraison.

Mettre faut en memoire
Que c'est par sa bonté
Qu'auons eu la victoire,
Et que auons dompté
Seditieux rebelles
Qui ont fait de maux tant:
Pour les bonnes nouuelles
Chacun boyue d'autant.

K

Chanfons

Lundy tiers iour d'Octobre
Cinq cens foixante neuf
Noz gens fe mirent en ordre,
Monfieur fachant le nœuf
Et la fauffe entreprife
Des Huguenots maudits,
Qui penfoyent par furprife
Faire des eftourdis.

    Eux fachans par efpies
Que les forces du Roy
Eftoyent entreparties
Se font mis en arroy,
Faifant cefte canaille
Serment au haut Seigneur
Qu'ils mourront en bataille
Ou ils auront l'honneur.

    Monfeigneur de Tauannes
Hardy comme vn Cefar,
Ne voulant auoir blafmes
Se retire à l'efcart
Pour voir la contenance
De ces chiens Huguenaux,
Puis reuint fans diftance
A courfe de cheuaux:

    Difant, Monfieur courage
Ce iour ferez heureux,
Et aurez l'auantage
Contre ces malheureux

Qui

Qui nous font tant de peine
Tant le iour que la nuict:
Sus sus prenons la peine,
Victoire aurons à nuict.

    I'ay veu leur ordonnance
Et aussi leur maintien,
Et ay bonne esperance
Qu'ils ne dureront rien:
Donnons dedans sans crainte,
Dieu nous conduira tous,
Et ceste armée tressaincte
Gardera de ces loups.

    Si faillons à ceste heure
A leur liurer l'assaut,
Ie iure sans demeure
Le grand Dieu de la haut
Ne porter iamais armes:
Mais m'iray reposer,
Et iamais en allarmes
Ie ne me trouueray.

    Monsieur l'ayant ouy dire
En fut tout resiouy,
Et se print à sourire,
Luy disant, auiourd'huy
On verra la vaillance
Des bons princes Chrestiens
Marchons en esperance
Sur ces Caluiniens.

K

Chanfons

Alors noftre auangarde
Commença à marcher
Que tenoit en fa garde
Monfieur de Montpenfier,
Auec monfieur de Guyfe
Et le prince Daulphin,
Et monfieur de Martigues
Qui eft pour eux trop fin.

Monfieur de la Vallette
Et auffi Chauigny,
Lequel rompra la tefte
A Gafpard Colligny,
Y eftoyent en perfonne
Auec leurs grands cheuaux
Voulans donner l'aumofne
A ces faux Huguenaux.

Puis marchoit la bataille
Que Monfieur conduifoit
Droict à cefte canaille,
Ou feift bien fon deuoir
Monfeigneur de Tauanes
Combatant rudement,
Faifant lors maintes femmes
Vefues fans teftament.

Quand ces traiftres rebelles
Virent Monfieur venir
Ouurent treftous les aifles
Pour penfer l'engloutir

De

De leur artillerie
Dedans son bataillon
Auec l'arquebousie
Sonnans en quarrilon.
    Bien pensoyent sans demeure
Le tenir en leurs lacs:
Car ils l'auoyent à l'heure
Du cheual getté bas:
Mais Dieu qui tout gouuerne
Ne leur a pas permis
Qu'il fut ainsi sans terme
Pris de ses ennemis.
    Lors monsieur de Tauannes
Voyant vn tel deport
Courut sans attendre ame
Plus viste que le trot
Pour haster les Suysses
De venir au secours,
Qui n'y furent pas chiches
A fraper de grands coups.
    Eux estans à la feste
Vous eussiez veu alors
Coupper bras, iambes & testes
A ces chiens huguenots,
Leuant des charbonnées
De leurs cuisses & reins
Pour pendre aux cheminées
Des chaircuitiers de Reims.

Eux fentans cefte offrande
Fuyent de toutes pars:
Cependant fans attendre
Le Marquis de Villars
Fit tant par fa proeffe
Que monfieur fut monté
Et mis hors de la preffe
Pour vn peu s'efuenter.

    Pendant monfieur d'Aumalle
Et monfieur de Coffé
Frapperent fur leur malle,
Dont fut lors efcoffé
Toute l'infanterie
De ces rebelles au Roy,
Chariots, artillerie,
Tout mirent en defarroy.

    Dix mille de leur bande
Y font demeurez morts,
Dont on voit fans attendre
Deffus terre les corps,
Auec tout le bagage
De ces Reiftres mefchans,
Qui demoura pour gage
Aux bons foldats vaillans.

    Il n'eftoit pas Dimanche,
Et fi ces malheureux
Auoyent chemifes blanches
Pour les cognoiftre mieux:

Ce

Ce fut à eux folie
Chacun le peut sauoir:
Car noz gens par enuie
Tascherent à les auoir.

Douze des capitaines
Des plus gros de leurs gens
Auecques les enseignes
Et tous leurs regiments
Y ont finé leur vie
Comme meschans qu'ils sont:
Iamais de seigneurie
Qu'ils ayent ne iouyront.

Le regiment de Pilles
Et celuy de Rouuray
Ont laissé sacs & quilles
Et leur corps pour pourtrait,
Auec cil de Verie
Et celuy de Mauuent,
Qui sont à la voirie
Et mis aual le vent.

De Monbrun auec Ambres,
Et Tallard Dauphinois
Y ont laissé les membres
Par les vaillans François:
Le seigneur de la Loue,
Le vouleur briquemaut,
Qui n'attend que la roué
Pour guerdon de ses maux.

K

Chanſons

Miſcabel & Dumelle
Auecques Tholigny
Qui s'eſt monſtré fidelle
Mourant pour Colligny
Pigeſuer ancien d'aage
Auecques Beaudiſné
Ont paſſé ce paſſage
De la mort ordonné.

   Monſieur d'ardant courage
Chaudement les pourſuit
Deux lieuës, faiſant carnage
Tout iuſques à la nuict,
Leur paſſant ſur le ventre
Sans faire de ſeiour,
Puis alla ſans deſcendre
Coucher à ſainct Seueron.

   Prions le Roy de gloire
Sans ceſſe, & de bon cœur,
Qu'il doint touſiours victoire
Au Roy, & que Monſieur
Preſerue de la rage
De tous ſes ennemis,
Et luy donne courage
Tant qu'ils ſoyent à fin mis.

DE

DEPLORATION DE
la Princeffe de Condé, fur
le trefpas de fon
mary.

*Et fe chante fur le chant, Las tous
les iours fans fin ie me lamente.*

Ames Dames, ie vous prie
à mains iointes,
Auecques moy deploret
mes complainctes,
Car les regrets que i'ay de
dans mon cœur.　　　bis.
Me cauferont toute ma vie douleur.

Las iay perdu la vray fleur de nobleffe,
Iamais mon cœur de larmoyer ne ceffe:
Car i'ay perdu la veuë de mon Seigneur,
Qui me portoit amitié & honneur.　bis

Tout mõ attéte eft maintenat perdue:
Faut-il helas, que ie perde la veuë,
D'vn qui du tout mon cœur a tãt aymé,
Et maintenant les vers l'ont confommé.

O fauffe mort cruelle & redoutable,
Tu as frappé mon Seigneur amiable,
De ton faux dard, qui eft tant venimeux,

K 5

As Mis à mort le Prince valeureux.
　O Admiral, c'eſt à toy que ie crye,
Par trop te croyre il a perdu la vie,
Et au beſoing tu l'as abandonné,
Toute ta vie tu en feras blaſmé.
　Toy Dandelot tu faiſois bône mine,
Tu luy diſois nous mettrons en ruyne,
Tous ces Papaux qui nous font tant de
　maux:
Comme les autres, tu as gaigné le haut.
　Toy Gommery trop toſt tu prins la
　fuyte,
Tu l'as fort mal ſecondé de ta ſuitte:
Las ce n'eſt pas ce qu'il a faict pour toy,
De te ſauuer quand tu tuas le Roy.
　Rochefoucault tu t'enfuys grand erre
Pour te venger paſſant en Angleterre,
Penſant en France amener les Angloys,
Leur promettant des villes à leur choys.
　Cazacques blâches q faictes la piaffe,
Apres ſa mort faictes vne Epitaphe,
Que tous les freres ont treſmalſecondé,
Mon vray eſpoux le Prince de Condé.
　Dieu permettra que i'auray la ven-
　geance,
De ces meſchans qui ont ruiné la France:
Las ils ſont cauſe de mon treſgrád mal-
　heur,

　　　　　　　　　　　　　Et

Et que mon corps consommera en pleur.
   O grand vice de ceste loy nouuelle,
Contre son Roy l'auez mis en querelle,
Luy promettant tousiours le maintenir,
Mais à la charge vous prîtes tous à fuyr.
   Et vous ministres auec voz faces pa-
      les,
Vous estes cause des malheurs & diffa-
      mes,
Vous luy disiez Mōseigneur sans esmoy.
Nous mourrons tous ou vous ferons le
      Roy.
   Monseigneur frere, Monsieur de lon-
      gue ville,
Prenez pitié de toute la famille:
Priez au Roy qu'il nous pardonne à tous,
Et flechirons deuant luy les genoux.
   Las ie conclus que toutes noz ance-
      stres,
Ont recogneu les Rois pour leurs vrais
      maistres:
Ceux qui seront au contraire obstinez,
Seront vaincus & du tout ruynez.
   Ie feray fin de mes pleurs lamétables,
Criant à Dieu misericorde & grace:
Donnant au Roy la force & la vertu,
De vaincre ceux qui l'ont tāt mescognu.
                              DE

Chanfons

Chanfon nouuelle de la de faite du Prince de Condé & de fes Huguenots, tant des morts, que des prifonniers & affiegez.

Sur le chant du nez d'argent.

NObles Chreftiens François
En grand' refiouyffance
Rendons au Roy des Rois
Grace & obeyffance,
Puis qu'il nous donne comme amy
Victoire contre l'ennemi.

Ces mefchans inhumains
Huguenots pleins de rage,
Ayans fait des maux maints
Aux villes & villages,
Auoyent entr'eux tous arrefté
De deftruire la Chreftienté,

Puis eux ayans pillé
La plufpart du Royaume,
Maint marchant defpouillé,
Ont coiffe leur heaume,
Penfant pour leur dernier reffort
Mettre le fang de France à mort.

Mais le Sauueur Iefus
Par fa diuine grace
Les a tous preuenus

Voyant

Voyant leur grande audace,
Et pour memoire de leurs faicts
A permis qu'ils foyent tous desfaits.

    Car ayans fait maints tours,
Gaftans bleds, vigne & terre,
Ils ont fini leurs iours
En malheureufe guerre,
Vers Coignac, ou à grand mefchef
Ils ont perdu leur Prince & chef.

    O Loys de Bourbon
Qui t'a mis en la tefte
Choifir mauuais pour bon
Sans faire de requefte,
Tu auois trefmal entrepris,
Et tu vois comme il t'en eft pris.

    Et toy Mongomery
Il te deuoit fuffire
Las d'auoir fait mourir
Henri noftre bon Sire,
Sans plus par effects euidens
Vouloir maffacrer fes enfans.

    Et puis ton Lieutenant
Qui fe dit Colombiere,
Qui prit monfieur le Grand
Luy ayant fait grand chere,
Tous deux eftes morts Dieu merci
Sans plus nous donner de fouci.

    Toy Chaftellier, Portaut,

                      Vau

Vandray, auſſi ſainct Brice,
Le Brueil Beaumont, Puiſſaut,
Monteiehan plein de vice,
Stuart, Ieniſat, Chandenier,
Eſtes morts noirs comme vn denier.
  Il ne faut oublier
Le ſieur de la Buiſſiere,
Les deux moindres au denier
Sans laiſſer en arriere
Vannes, & la Fontaine auſſi,
Qui ſont morts ſans nulle merci.
  L'vn le guidon portoit
Du Prince de Nauarre,
L'autre au pareil l'eſtoit
De Dandelot en guerre:
Tous deux y ont finé leurs iours,
Apres auoir fait maints faux tours.
  Des priſonniers les noms
Si les voulez entendre,
Premier nous nommerons
Dandelot & ſa bande,
Qui eſt Yuoy frere à Genlys,
Et pluſieurs de ſes bons amis.
  Car la Barre d'Anjou,
Auec Clermont d'Amboiſe,
Y ont tous deux fait ioug
Sans mener plus grand' noiſe,
Auec le Baron Mont Landry

Et

Et le Capitaine Guerry.
  Le Baron Perdillan,
Et auffi Cormenille,
Puis l'Abbé de fainct Iean,
Corbezon mal habile,
Trois freres de Mongomery,
Auec le Comte de Choifi.
L'enfeigne à l'Admiral,
Auecques l'Anguiniere,
La Morte plein de mal
De Neufuille le frere,
Goullaines & la Morette au poinct
Y font demeurez en pourpoint.
  La Nouë ce bon iouëur,
Et le Pont de Bretaigne,
Congnée qui eut grand peur
Y perdant fon enfeigne,
Auec Morat, auffi Couppez,
Qui y furent trefmal fouppez.
  L'Admiral fe fauua
N'ayant plus d'efperance,
A courfe de cheual
Ayant trois coups de lance
Dedans Coignac, ayant bien chaut
Auecques la Rochefoucaut.
  Rien ne leur feruira
Leur force ne leur fuitte,
Car Dieu nous aidera

                          Et

Et prendra la conduitte
Du Roy & de Monſieur auſſi
Qui n'en prendrout nul à merci.
    Prions le Redempteur
Qu'il nous face la grace
D'eſtre le conducteur
Du Roy en toute place,
Et vueille preſeruer Monſieur
De tout peril & deshonneur.
    Prions en general
Pour tous les nobles Princes,
Qui ont tant eu de mal
Au camp par les Prouinces,
Expoſans corps, biens & amis
Pour combatre les ennemis.

Chãſon ſur la victoire & defaite des Huguenots, en la bataille de Mon-contour, 1569. le 3. iour d'Octobre. Sur vn chant nouueau.

Venez tous Chreſtiens de France
  Venez chanter en celieu,
Oubliez dueil & ſouffrance,
Et rendez louange à *Dieu*,
    Qui par ſa main forte
    A mort dure a mis
              Toute

Toute la cohorte
De noz ennemis.
Qu'on chante par chaqueville
Que le Roy n'en perd pas mille,
Mais son frere preux & fort
En a mis dix mille à mort.
Dieu nous a donné victoire
De noz haineux à ce coup:
O que sa bonté notoire
Nous a serui de beaucoup,
Encontre la rage
Du peuple mutin
Aimant le carnage
Plus qu'vn Philistin.
Qu'on chante par chaque ville
Qu'ils n'en ont pas nauré mille
Et que Monsieur bien plus fort
En a mis dix mille à mort.
Ce Colligny, traditore,
Apres la mort de son chef
A voulu poursuyure encore
Son execrable meschef:
Mais nostre Alexandre
L'a bien seu ranger,
Reduisant en cendre
Le Reistre estrangier.
Qu'on chante par chaque ville
Qu'ils n'en ont pas vaincu mille

L

Et que Monfieur bien plus fort
En a mis dis mille à mort.
Bien que toute leur armée
Fuft plus que la noftre alors
Vnie, & plus animée
Pour nous cuider faire effort,
Toutesfois adextre
Monfieur victoire eut,
Car Dieu par fa dextre
Lors le fecourut.
Qu'on chante par chaque ville
Qu'ils n'en ont pas naué mille,
Et que Monfieur bien plus fort
En a mis dix mille à mort.
Ces mutins par leur cautelle
Nous penfoyent bien accabler,
Mais Dieu par fa force ifnelle
A fait noz coups redoubler.
Dieu le fort, la force
Du rebelle abbat,
Le Roy il renforce
Au fort du combat.
Qu'on chante par chaque ville
Qu'ils n'en ont pas vaincu mille
Et que Monfieur bien plus fort
En a mis dix mille à mort.
Ores lafecte mutine
Ne vienne plus outrager

La

La saincte Eglise Latine,
Ni les *Chrestiens* saccager:
    Car Dieu par la guerre
    Veut exterminer
    Tous ceux qui sa terre
    Veulent butiner.
Qu'on chante par chaque ville
Qu'ils n'en ont pas nauré mille,
Et que Monsieur le plus fort
En a mis dix mille à mort.
Tout ce que l'homme propose
Contre le Seigneur n'est rien:
Car c'est luy seul qui dispose
Tout en ce val terrien.
    Il fait noz ouurages,
    Et voit nostre cœur,
    Et de noz outrages
    Il est le vainqueur.
Qu'on chante par chaque ville
Qu'ils n'en ont pas vaincu mille,
Et que Monsieur bien plus fort
En a mis dix mille à mort.
Cessez donques ô rebelles,
De troubler la France ainsi,
Cessez voz guerres cruelles
Contre Dieu & nous aussi:
    Car de mettre en proye
    Vostre cher pays,

Chanfons

Ce n'eſt pas la voye
D'auoir paradis.
Qu'on chante par chaque ville
Que le Roy n'en perd pas mille,
Mais ſon frere preux & fort
En a mis dix mille à mort.

C. D. P.

Autre chanſon ſur la meſme de-
faicte des Huguenots. Sur le chant,
Or combien eſt heureuſe, Ou ſur le
chant, La parque ſi terrible.

Apres le grand orage,
La tempeſte & l'horreur,
Et la ſanglante rage
Brulante de fureur,
Malgré noz ennemis
En paix ſerons remis.
Ceſte tige de France,
Ces trois nobles enfans
Donnent grande eſperance
D'eſtre vn iour triomphans,
Et qu'en brief porteront
Le Laurier ſur le front.
Ils planteront l'Oliue
En ce beau parc François,
Et rendront la foy viue

Et les

Et les antiques loix
Portans trophee en mains
Comme Cesars Romains.
     Ce beau ieune Alexandre
Tant sage & gracieux
Fait sa prouesse espandre
Au monde spacieux:
Le Grec ia va narrant
Qu'il fait plus que le grand.
     Ses forces genereuses
Par le don du Seigneur
Font les Gaules heureuses
Dont luy faut rendre honneur.
Vine au temps que Nestor.
Cest autre preux Hector.
     Voyez comme il foudroye
Les Geans obstinez,
Qui mettent tout en proye
A mal tous destinez:
Mais sont presque tous morts
Les chefs de ces discords.
     Apprenez infidelles
Que vaut (contre la Loy)
Mouuoir guerres cruelles
Contre son Prince & Roy,
Voicy vn ieune enfant
Qui bat vn Elephant.
     Ainsi fit le Prophete

D'vn bien heureux deftin,
Quand il meit bas la refte
Du Geant Philiftin.
Contre ceft humain
Dieu luy guidoit la main.

Comme il a fait n'a guere
A noftre ieune Roy,
Et à monfieur fon frere
Pour maintenir fa foy
Contre les defloyaux
Inuenteurs de tous maux.

L'yurongne & cruel Reiftre
Grand meurtrier & volleur
S'eftant au Roy traiftre
A fenti fa valeur:
Les champs font pleins des corps
De ceux la qui font morts.

Ils auoyent efperance
D'emplir leurs charriots
Des richeffes de France
Croyans noz Huguenots:
Mais le butin qu'auront
C'eft qu'en France ils mourront.

Le refte a pris la fuite
Auec leur Admiral,
Monfieur fait la pourfuite
A courfe de cheual
Qui ne ceffera point

Qu'il

Qu'il ne le range à point.
   Telle estoit l'entreprise
Du Prince de Condé
Pour ruiner l'Eglise :
Mais fut mal secondé:
Car ou Dieu veut pouruoir
Que vaut ¡l'humain pouuoir?
   Dandelot grand satrappe
Traistre & audacieux
Si ton frere on attrappe
Chef des seditieux,
On l'enuoyra là bas
T'aider en tes combats.
   Sa ruse tant soit fine
N'a peu entrer dedans
La cité Poicteuine
Auec son curedents:
Car Dieu guidoit la main
Du grand Prince Lorrain.
   C'est ce preux Duc de Guise,
Ce ieune Scipion.
Qui defend nostre Eglise
Du mortel Scorpion,
Il herite le los
De son defunct Heros.
   Dieu gard' tous les bons Princes
Tous les bons cheualiers
Qui purgent noz prouinces

Chanfons

De tous ces bandoliers,
Dieu gard les bons soldats
Qui font pour nous combats.
   Dieu abifme & confonde
Tous ceux qui mal nous font,
Dieu confole & feconde
Tous les guerriers qui font
Au feruice du Roy
Pour fouftenir fa Loy.

Chanfon nouuelle de la Bergere.

Le berger.

Dieu vous gard belle bergiere,
Dieu gard voz moutons auffi,
Vous faites bien poure chere,
Pourquoy plourez vous ainfi?
Voftre mere par colere
Vous a baillé quelque coup,
Pour la perte defcouuerte
D'vn mouton rauy du loup,
S'il n'eft ainfi,dittes moy
D'où procede voftre efmoy.
           La bergere.
 Ny mon pere ny ma mere
Par quelque mouton perdu,
Ne font la douleur amere
De mon cœur tant efperdu.

                        Autre

Autre chofe que ie n'ofe
Aucunement declarer,
Tant me preffe que fans ceffe
Me conuient ainfi pleurer:
Mais mes pleurs peut-on bien voir,
Mais non la caufe fçauoir.

Le Berger.

C'eft affez dit mignonnette,
C'eft affez, car ie fuis feur
Que quelque flamme fecrette
Brufle voftre petit cœur:
Mais moy-mefme qui trop ayme,
Ay le mal que vous auez,
Donc fans crainte voftre plainte
Icy dire me pouuez,
Et ie vous diray auffi
Donc mon amoureux foucy.

La bergere.

Puis qu'ataints de mefme peine
Mon mal auez deuiné,
Pendant que dans cefte plaine
Paiftre mes troupeaux lainé,
Donc veux dire le martyre
Procede d'vn feul brandon,
Qui enflamme ma pauure ame
En l'amour de Coridon
Lefquels pourtant tient à peur,
Et mon amour & mon faiĉt.

L   ƒ

Chanſons

Le berger.

Souuent en pleurs ie me baigne,
Tant ſemblables ſommes nous,
De Iane qui me deſdaigne,
Comme Coridon fait vous:
Quand ſa honte ie luy conte
De mon grand feu le danger,
Et lors elle plus cruelle,
Quelque ſien eſtranger,
Baigne ſa ioye en mes pleurs,
Et ſe rit de mon mal heur.

La bergere.

O Coridon, ô pauure, tu
Ne me veut pas eſcouter,
Ains quand il me voit ſeulette,
Fuit par les bois s'eſcarter,
Et n'a garde, quand il garde
Ses brebis auecques moy:
A toute heure ie me pleure,
Meſme à ce que ie vois,
Que quelqu'vne me detient
Tout le bien qui m'appartient.

Le berger.

Et qui pourroit eſtre celle,
Ie ne croy pas qu'elle ſoit
Plus que vous gentille & belle,
Et Coridon ſe deçoit,
Et ſa veue trop cogneu

N'a le pouuoir de choisir
Voftre grace fous la face,
Où est painct tout le plaisir,
Où il sçauroit bien le guerdon
D'vn plus grand que Coridon.

        La bergere

Ie ne puis pas eftre be
Belle eftre ie ne puis,
Helas, ie fuis trop fidelle,
Trop fidelle helas ie fuis:
La conftance qu'il m'offenfe
D'vne trop grande rigueur,
Rien ne prenez, rien ne trouuez
En mes amours que douleurs:
Et d'vn dueil perpetuel,
Et de mon torment cruel.

        Le Berger

Vous n'eftes pas Paftorelle,
Voftre langage difcret
Honnorablement defcouure
Ce que vous tenez fecret:
I'ofe croire par l'ynoire
En tourment voftre fainct corps,
Par la roze qui eft enclofe
En voz leures par dehors:
Et voz cheueux defployez,
Qu'vne nymphe vous foyez.

                    La ber

La bergere.

Helas, ie fuis paftorelle
De ce qu'amour m'a appris,
Pendant la flamme nouuelle
Qui enflamme mes efprits:
La trifteffe ma maiftreffe
La m'a apris ainfi au bois:
Ie fupplie & ie crie
Alors que ie plain ma voix,
Eftant d'vne cruauté
Priuée de loyauté.

Le berger.

Puis donc pauurete amoureufe,
Que Coridon ne vous veut,
Et lane trop rigoureufe
Pour moy flechir ne fe veut,
Il vous femble courez enfemble
Le fruict d'amour vous cueillez,
Ie fouhaitte mes amourettes
Garder icy nos moutons,
Oublions pour le iourd'huy
L'amour d'elle, & vous de luy.

La bergere.

Et bien que ie fuis bergere,
Vous vous abufez pourtant,
Ne m'eftimez fi legere,
Et mon cœur tant inconftant,
Qu'en ma vie ie l'oublie,

Non,

Non, non, mais pluſtoſt l'amour
Me deface, que ie face
En fermeté vn tel tour:
Peut eſtre vn temps ſera,
Que ſa rigueur paſſera.

Complainĉte,
Sur vn chant nouueau.

LA langue enuenimée
D'vn enuieux maudit.
Contre moy animée,
Me blaſonne & meſdit:
Dieu, en qui i'ay recours,   bis.
Entens à mon ſecours.

Tu ſçais mon innocence,
Au moins en ceſt endroit:
Parquoy que ta clemence
Souſtienne mon bon droit:
Car touſiours tu ſouſtiens   bis.
L'innocence des tiens.

Quand ces vieillards iniques
Ne pouuans mettre à fin
Leurs conſeils impudiques,
Conſpiré de ta fin,
De Suſane outrager,   bis.
Tu

Chanfons

Tu fçeus bien la venger.

La pauure eftoit ia prefte
Au fupplice odieux,
Et ils hauffoyent la tefte,
Comme victorieux,
Quand leur confeil peruers   bis.
Tu ruas à l'enuers.

Las, de toute ma force
I'ay fecouru celuy
Qui maintenant s'efforce
Me braffer ceft ennuy.
O Dieu, Dieu iufte & fort,   bis.
Fay-luy fentir fon tort.

Lance fur luy, de forte
Ta dangereufe main,
Que dure peine il porte,
Pour fon faict inhumain:
Tant que pour fon fupport,   bis.
Luy fouhaite la mort.

Ha mon Dieu, ie m'abufe,
Et parle en incenfé:
Toy donc, Seigneur, excufe
Mon efprit offenfé
La grandeur du forfaict   bis.
                                   Ainfi

Ainsi parler me fait.

Fay luy plustost la grace
Qu'il se puisse changer,
Et suiure vne autre trace,
Sans point s'en estranger:
Ie seray trop vengê,   bis.
Le voir ainsi changé.

Deploration de Lucresse sur le chant. Ne te souuient il belle De ton, &c.

LE iour de l'assemblée
  Qu'vn chacun racontoit
Les faicts de son aimée,
Collatin surmontoit:
Disant, i'ay rencontrée
Femme de tel sçauoir,
Qu'en toute la contrée
Homme sçauroit auoir.

Sa chasteté surmonte
La beauté des Romains,
Plus elle ne tient conte
Que d'ouurer de ses mains.
Heureuse est la iournée
Que ie la rencontray,
Qu'elle me fut donnée,

Qu'es

Qu'en mariage entray.
   Lors le fils de Tarquin
Entendant ces propos,
Contrefit le taquin
Aſſemblant ſes ſuppos,
Monte à cheual en ſomme,
Picque toute la nuict,
Arriua dedans Rome
Enuiron la minuict.
   Il s'en va à la porte
Du ſeigneur Collatin,
Et par fineſſe eſcorte
Entra iuſqu'au butin,
Trouua dame Lucreſſe
Qui fort luy reſiſtoit,
Mais las, ſa petiteſſe
Contre luy foible eſtoit.
   Lucreſſe deſplaiſante
De telle oppreſſion,
Lendemain ſe preſente
En grieue affliction,
Ses parens manda querre
Leur contant tout le faict,
Cachant ſur ſoy la guerre
Dont ſon corps fut deffaict.
Elle leur dit en ſomme,
Faut il tel deſarroy
Dominer dedans Rome

A l'ap

A l'appetit d'vn Roy?
Ce dit, le glaiue tire
Lequel tenoit caché,
Et pour souffrir martyre
Dans son corps l'a fiché:
  Disant aux plus gaillardes
Des femmes des Romains,
Auant qu'estre paillardes
Faites ainsi de vos mains:
Car rompant la promesse
Du corps par vous promis,
Tomberez en l'oppresse
De voz fiers ennemis.

M

CHANSON NOVVEL-
LE DE LA DEFFAITE DE
l'Admiral, & de ceux de ses
trouppes, excercée en Forestz.

Chanson nouuelle, sur le chant
Ville du Puy.

O Admiral plain de fureur, & rage,
Mais, qui t'emeust nous faire tel
outrage
Dedans Forestz, qu'est au frere du Roy,
En t'efforçant abolir nostre loy?

Si tu veux mal à la maison de Guise,
Pareillement, aux Pasteurs de l'Eglise,
Et aux Seigneurs, & Princes de la court
Nous en faut il porter la paste au four?

Pouuons nous mais de ta guerre, &
querelle,
Si le Senat t'a declaré rebelle
Publiquement, à ton Prince Royal
En te monstrant vers luy si desloyal?
Du grand Satan tu as appris le stille
De

De guerroyer, & non de l'Euangile,
Les larrecins, les meurtres, & exces,
Que fais par tout, le nous mõstrét assez.

N'as tu regret de voir les vilains Rei-
stres,
Et vn grand tas de poultrons, & belistres
Au lieu des foins, faucher les bleds tous
vers,
Et par despit mettent tout à l'enuers?

La loy de Dieu tu sçais bien que n'ob
serues
De faire icy tant d'Orphelins & vefues
Sacramenter iusques aux Innocens,
Mais, respons moy, n'es tu pas hors du
sens?

A voir tes faicts, la verité m'incite
A te nõmer, vn Turc, Barbare, ou Scite,
Vn Hannibal, Neron, ou attilla,
Et vn Romain, qu'on appelloit Scilla.

Tantost neuf ans au Roy as fait la
guerre
Faisant le tour par sa gallicque terre,
Auec tes gens pires que bandoliers,
Qui vont faisans de maux à grands mil-
liers,

M

Chanſons.

Mais, à la fin, Dieu le diuin monarque
Qui de la haut tes deſſains, voit, & mar-
que
Te chaſtiera, comme l'as deſerui,
Sëblablemët, tous ceux, qui t'ont ſuiui.

Or ſi tu veux, que Dieu mercy te face,
A deux genous demande luy ſa grace
Iettant à bas, tes lances, & harnois,
Et pour pecheur vers luy te recognois.

Et ſcais tu bié encor', qu'il te faut faire,
Tu chercheras, quelque lieu ſolitaire
Hors de la France, ou tu demeureras,
Et tes pechez illec tu ploreras,

Ainſi menant vie heremiticque,
Tu ne craindras le Dragon Satanicque,
Qui iour, & nuict arrét ton pouure eſprit
Pour le porter, auecques l'antechriſt.

Par ce moyen de ton Roy la Iuſtice
N'ordonnera ſur toy, aucun ſupplice
Comme fera, ſi tu es priſonnier:
Car de tõ corps n'en doutrois vn denier.

En Lyonnois, dans vn petit village
Vn Foriſien, fuyant ton grand ourage
A taſſo

A baſſe voix, & auec piteux ſon
A mis par vers ceſte triſte chanſon.

Autre chanſon ſur les meſmes
miſeres : Sur le chant, O
les enfans de Mo-
lins.

O Dieu nous pauures humains,
   Qui ſomme ça bas en France,
Te prions à iointes mains
Nous oſter hors de ſouffrance,

   Il eſt vray que iuſtement
Nous meritons beaucoup pire,
Et d'auoir plus de torment
Que ie ne ſçaurois eſcrire.

   Mais, ô Sire ſois eſmeu
A mercy & à pitié,
Iette les verges au feu,
Et nous prens en amitié.

   Sire ne ſois endormy,
Regarde noſtre Prouince,
En laquelle eſt l'ennemy,

                    M 3

Chanfons

Qui ne craint ne Roy, ne Prince,

Entens les piteufes voix
De ceux la, qui fe retirent
Aux cauernes, & aux bois,
A fin, qu'ils ne les martyrent.

Oatre tes Saints lieux facrez,
Qui font reduits prefque en cendre
Poures gens font maffacrez,
Sans à leur raifon entendre.

Iufqu'au poure laboureur,
Qui reuient de la charrue,
L'ennemy par grand fureur
De defpit, fur luy fe rue.

Il entre dans fa maifon,
Ou il fait bien du mefnage,
Et s'il ne n'a la rançon,
Il le pille, & le faccage.

Helas! Sire, ces mefchans
Vont forçans, femmes, & filles.
Bref ils courent par les champs,
Saccageans, & Bourgs, & Villes

Charles noftre Prince, & Roy,

Ou

Où font ores tes gens d'armes!
Si voioys noftre defroy,
Aux yeux t'en viendroyent les larmes!

Duc d'Anjou ie m'efbahis!
Veu ton cœur haut, & fublime,
Que foudain en ce pays,
En armes ne t'achemine!

Sçais tu pas bien le bon tour,
Qu'à Iargnac Dieu te fift faire,
Et auffi à Montcontour,
Où tu les vins à deffaire?

Auffi i'ay efpoir en Dieu,
Et ie l'ay dedans ma tefte,
Si les treune en quelque lieu,
Que tu leur feras leur refte.

Dieu pour toy bataillera,
Et de cela point ne doute:
L'ennemy vaincu fera,
Et fera mis en grand routte.

Alors, toy auecques nous
Recepuant telle victoire,
En flechiffant les genous
A Dieu en rendrons la gloire.

M 4

Chanfons

Autre chanfon, difant Adieu aux Admiraliftes fortans hors de Forefts : Sur le chant, Nobles bourgeois, clers, & payfans.

A Dieu, Meſſieurs les Huguenots
Adieu, tous les Admitaliſtes,
Adieu les gentils Briquemoz,
Et auſſi les Montgomeriſtes.
Laiſſer Foreſts n'eſtes vous triſtes,
On ne vous ſçauroit trop priſer:
Car comme bons Euangeliſtes
Prenez les eſcus ſans peſer.

Trois ſemaines auez eſté
Dedans Foreſtz, comme eſt notoire,
Y faiſant vn ſi bon traité,
Qu'à iamais en ſera memoire:
On en pourra faire vn hyſtoire
Plus grand que n'eſt pas l'alchoran
De vos beaux faits, dignes de gloire,
Au royaume du grand Satan.

Et pour raconter voſdits faicts,
Bruſté y auez mainte Egliſe,
Pluſieurs gens ont eſté deffaicts,
D'autres

D'autres mis en belle chemise:
Et à tous ceux de la prestrise,
Quand vous les pouuiez attraper,
Pour tout l'or qui est dans Venise
Ils n'eussent pas peu eschapper.

Il n'y auoit taillis ne boys,
Où vous n'allissiez à la chasse,
Non aux lieures, comme ie crois,
Mais des hommes, suyuant leur trace.
Tuez ils estoyent sur la place,
Comme trop i'en suis aduerty,
S'ils auoyent la bourse bien grasse,
On leur faisoit meilleur party.

Par les maisons il faut penser
Qu'ils commettoyent mainte insolence,
Les maistres n'osoyent point pousser,
Ne dire mot, comme ie pense,
Et qui pis est, par violence
Mainte femme, & fille d'honneur
Ont violé, en leur presence,
Sans craindre leur Christ & Seigneur.

Meubles, tant fussent ils cachez,
Estoyent trouuez par les cachettes,
Leurs lacquaiz en estoyent chargez,
Leurs asnes, cheuaux, & charrettes;

M 5

Bref ils faifoyent les maifons nettes,
Et bien fouuent, n'y trouuans rien
Mettoyent le feu, fans allumettes,
Ne voila pas des gens de bien.

L'or & l'argent, que de forefts
Emportes en voz efcarcelles,
Vous en payeres l'interefts,
De brief en fçaurez les nouuelles
Comme à Dieu, & au Roy rebelles,
Noftre armée vous chaftiera,
Où bien Dieu, qui voit voz cautelles,
A la fin, tous vous punira.

Il me faudroit deux moys entiers,
Pour voz maux raconter & dire:
Parquoy ie prieray volontiers
A ma plume, n'en plus efcrire.
Tant plus y penfe, plus foufpire,
En foufpirant, las ie conclus,
Que Dieu fur nous eftant fon Ire,
Car de luy, nous fouuenons plus.

Or, à genoux le faut prier,
Que de nous ayt mifericorde,
Que le Roy, ne vueille oblier,
Et de fes fieres fe recorde.
Que tous les Princes il accorde,

Pour

Pour abolir la fauce Loy,
Et que le peuple fans difeorde
Puiffe, crier viue le Roy.

Autre chanfon : fur le cham.
Pleures le fils de mirra.

L E vint fix iour de May
L'Admiral, & fon armée,
En defcendant du Velay,
En Forefts fift fon entrée.

Et le douziefme de Iuin
Eft Party de fainct Eftienne,
C'eft pour s'en aller plus loin,
A fin qu'on ne le detienne.

Sans le fecours, qui venoit
En Forefts, pour le combatre,
Pour le fin feur on tenoit,
Qu'il fe vouloit mieux efbatre.

Qu'efbatre fe puiffe il
Aux Regions Infernalles,
Auec, Satan le fubtil,
Et fes Diables orts, & fales.

Mais

Chanfons

Mais que dis ie, ha, non pas,
Ie ne requiers fa vengeance,
Fors que deuant fon trefpas,
Il cognoiffe fon offenfe?

Qu'il lamente les forfaicts,
Les meurtres, & brigandages,
Que par luy ont efté faicts,
Tant aux villes & villages.

S'il ne fe veut amender,
Et pourfuyue ainfi fa vie,
Qu'on fe puiffe tous bander,
Et qu'elle luy foit rauie.

O Comte de Coligny,
Ceffe ta folle entreprinfe,
Ou bien toft feras puny
De Dieu qui d'enhaut t'auife.

O toy Huguenaut François,
Qui marche par la campaigne,
Ie te pry quel que tu fois
Qu'au fang d'autruy ne te baigne.

Tu dois auoir grand remort,
Faire cefte tyrannie,
Et de craindre cefte mort
                    Qu'auec

Qu'auec son grand dard t'espie.

Et puis le Seigneur d'enhaut,
Qui est le Souuerain Iuge
Te fera tout ce, qu'il faut,
Et Auquel n'auras refuge

En son papier de raison
Tu verras, tout ton affaire,
Et là bas comme raison
Sera ton dernier repaire.

Parquoy, ne sois obstiné
Ie te prie, a ton fait pense,
Ou bien, tu seras damné
Pour toute ta recompense.

F I N.

LA TABLE DES
Chanſons contenues en ce
preſent liure.

L'autre

Table

La

Table.

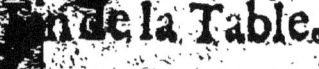

Fin de la Table.

BEFF

agmoꝛum et cetera.

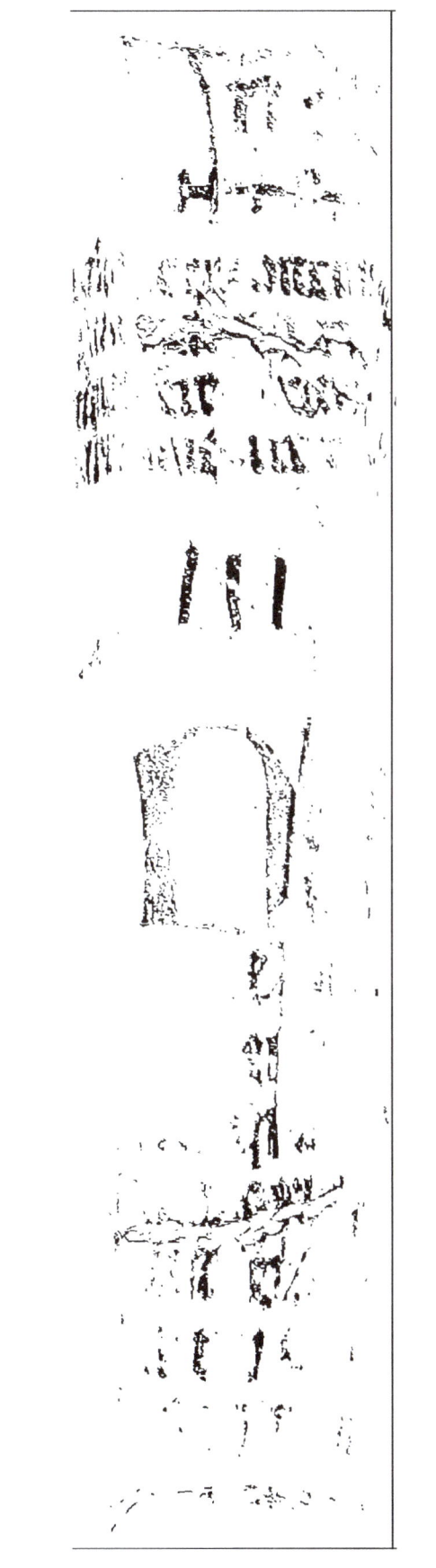

www.ingramcontent.com/pod-product-compliance
Lightning Source LLC
Chambersburg PA
CBHW070854030726
47504CB00005B/1330